陰陽師
螢火卷

陰陽師系列
第十七部

夢枕獏——著
茂呂美耶——譯

伴隨《陰陽師》系列小說十五年有感

承接《陰陽師》系列小說的編輯來信通知，明年一月初將出版重新包裝的第一部《陰陽師》，並邀我寫一篇序文。

收到電郵那時，我正在進行第十七部《陰陽師螢火卷》的翻譯工作，而且，由於晴明和博雅這兩人拖拖拉拉了將近三十年的曖昧關係（中文繁體版則爲十五年），終於有了一小步進展，令我陷入興奮狀態，於是立即回信答應寫序文。因爲我很想在序文中向某些初期老粉絲報告：「喂喂喂，大家快看過來，我們的傻博雅總算開竅了啦！」

其實，我並非喜歡閱讀BL（男男愛情）小說或漫畫的腐女，《陰陽師》也並非BL小說，但是，我記得十多年前，曾經在網站留言版和一些《陰陽師》死忠粉絲，針對晴明和博雅之間的曖昧感情，嬉笑怒罵地聊得鼓樂喧天，好不熱鬧。

說實在的，比起正宗BL小說，《陰陽師》的耽美度其實並不高。就我個人觀點而言，這部系列小說的主要成分是「借妖鬼話人心」，講述的是善變的人心，無常的人生。可是，某些讀者，例如我，經常在晴明和博雅的對話中，敏感地聞出濃厚的BL味道，並爲了他們那若隱若現，或者說，半遮半掩的愛意表達方式，時而抿嘴偷笑，時而暗暗奸笑。

身爲譯者的我，有時會爲了該如何將兩人對話中的那股濃濃愛意，翻譯得不露骨，但又不能含糊帶過的問題，折騰得三餐都以飯糰或茶泡飯草草果腹，甚至一句話要改十遍以上。太露骨，沒品；太含蓄，無味。所幸，這種對話不是很多。是的，直至第十六部《陰陽師蒼猴卷》爲止，這種對話確實不多。

然而，我萬萬沒想到，到了第十七部《陰陽師螢火卷》，竟然出現了令我情不自禁大喊「喂喂，博雅，你這樣調情，可以嗎？」的對話！不過，請非腐族讀者放心，這種對話依舊不是很多，況且，說不定我們那個憨厚的傻博雅，不明白自己說的那些話其實是一種調情。而能塑造出讓讀者感覺「明明在調情，但調情者或許不明白自己在調情」的情節的小說家夢枕大師，更令人起敬。

話說回來，不論以讀者身分或譯者身分來看，《陰陽師》系列小說最吸引我的場景，均是晴明宅邸庭院。那庭院，看似雜亂無章，卻隨著季節交替輪換而自有一番情韻。倘若我在進行翻譯工作時的季節，恰好與小說中的季節相符，我會翻譯得特別來勁，畢竟晴明庭院中那些常見的花草，以及，夏天吵得不可開交的蟬鳴和秋天唱得不可名狀的夜蟲，我家院子都有。只是，我家院子的規模小了許多，大概僅有晴明宅邸庭院的百分或千分之一吧。

爲了寫這篇序文，我翻出《陰陽師飛天卷》、《陰陽師付喪神卷》、《陰陽師鳳凰卷》等早期的作品，重新閱讀。不僅讀得津津有味，甚至讀得久違多年在床上迎來深秋某日清晨的第一道曙光。

此外，我也很佩服當年的自己，竟然能把小說中那些和歌翻譯得那麼美。不是我在自吹自擂，是眞的。我跟夢枕大師一樣，都忘了早期那些作品的故事內容，重讀舊作時，我眞的在文字中看到當年爲了翻譯和歌，夜夜在書桌前和古籍資料搏鬥的自己的身影。啊，畢竟那時還年輕，身子經得起通宵熬夜的摧殘，大腦也耐得住古文和歌的折磨。如今已經不行了，都盡量在夜晚十點上床，十一點便關燈。因爲我在明年的生日那天，要穿大紅色的「還曆祝著」（紅色帽子、紅色背心），慶祝自己的人生回到起點，得以重新再活一次。

如果情況允許，我希望能夠一直擔任《陰陽師》系列小說的譯者，更希望在我穿上大紅色背心之後的每個春夏秋冬，仍可以自由自在穿梭於晴明宅邸庭院。

茂呂美耶

於二〇一七年十一月某個深秋之夜

目錄

平安時代中期的平安京

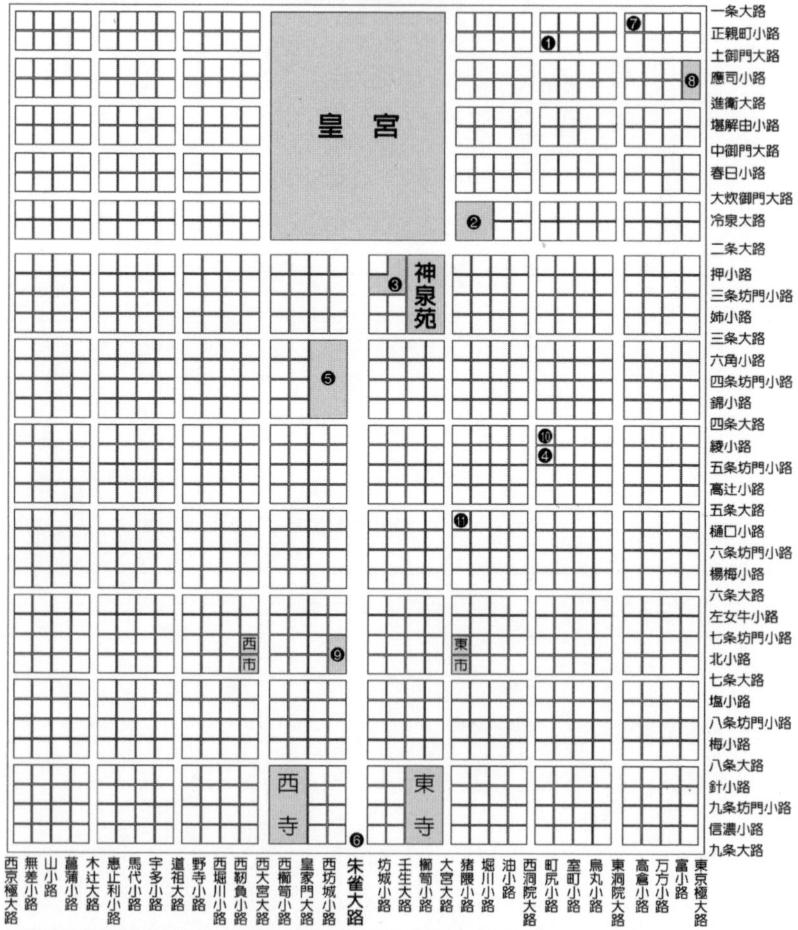

❶ 安倍晴明宅邸　❷ 冷泉院　❸ 大學寮　❹ 菅原道真宅邸　❺ 朱雀院　❻ 羅城門　❼ 藤原道長「一条第」
❽ 藤原道長「土御門殿」　❾ 西鴻臚館　❿ 藤原賴通宅邸　⓫ 藤原彰子邸

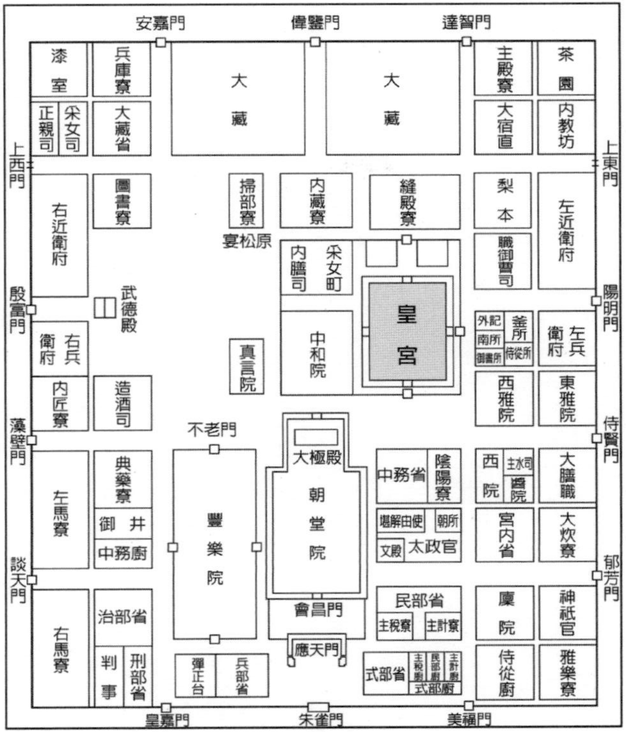
安嘉門
偉鑒門
達智門
漆室
兵庫寮
大藏
大藏
主殿寮
茶園
正親司
采女司
大藏省
大宿直
內教坊
上西門
上東門
右近衛府
圖書寮
掃部寮
內藏寮
縫殿寮
梨本
左近衛府
宴松原
內膳司
采女町
職御曹司
武德殿
皇宮
殷富門
陽明門
右兵衛府
中和院
外記
南所
御書所
釜所
侍從所
左兵衛府
真言院
內匠寮
造酒司
西雅院
東雅院
藻壁門
不老門
侍賢門
大極殿
中務省
陰陽寮
西院
主水司
醫院
大膳職
左馬寮
典藥寮
豐樂院
朝堂院
勘解由使
朝所
宮內省
大炊寮
御井
文殿
太政官
中務廚
談天門
郁芳門
民部省
廩院
神祇官
會昌門
治部省
主稅寮
主計寮
右馬寮
判事
刑部省
彈正台
兵部省
應天門
式部省
主税廚
民部廚
主計廚
式部廚
侍從廚
雅樂寮
皇嘉門
朱雀門
美福門

大內裏

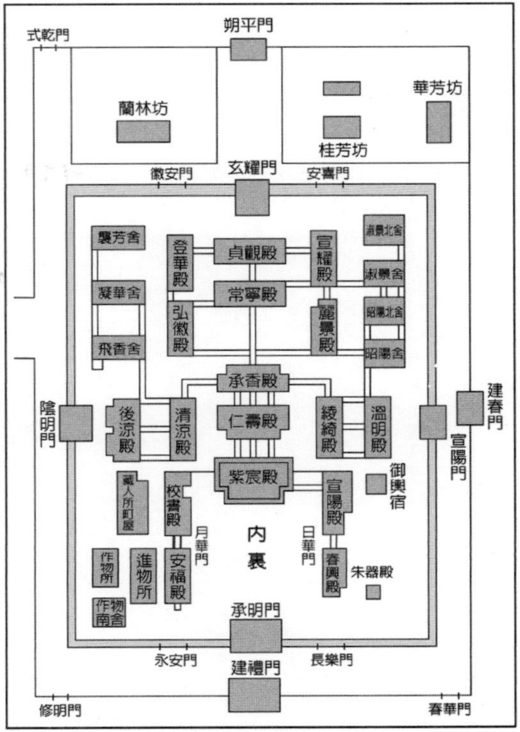
式乾門
朔平門
華芳坊
蘭林坊
桂芳坊
徽安門
玄耀門
安喜門
淑景北舍
襲芳舍
登華殿
貞觀殿
宣耀殿
淑景舍
凝華舍
常寧殿
弘徽殿
昭陽北舍
麗景殿
飛香舍
昭陽舍
承香殿
建春門
陰明門
後涼殿
清涼殿
仁壽殿
綾綺殿
溫明殿
宣陽門
紫宸殿
御輿宿
藏人所町屋
校書殿
宣陽殿
月華門
內裏
日華門
作物所
進物所
安福殿
春興殿
朱器殿
作物南舍
承明門
永安門
建禮門
長樂門
修明門
春華門

內裏（皇宮）

雙生針

一

大地猛烈搖晃起來。

起初，晃動幅度輕而緩慢。

剛開始，宛若有一頭龐大野獸在地底中徐徐挨近，令地面搖晃起來，接著，冷不防晃動得很厲害。大地不但左右前後搖晃，而且上下翻騰，柱子和屋梁咯吱作響，東搖西擺。

此時，晴明和博雅正在晴明宅邸的窄廊上喝酒。

眼下是櫻花盛開，且即將飄落的時節。

由於地動，每次櫻花樹幹隨著地面晃動時，都會不停娑娑撒落花瓣，碰巧這時呼地颳起一陣大風，無數花瓣被捲至上空，在淡藍天空中點點飛舞，漸次失去蹤影。

「晴明，你沒事吧？」

那頭龐大野獸在地底中停止活動後，博雅開口問。

「當然沒事。」

晴明望向博雅。

「那個怎麼回事?」

晴明用視線示意博雅握在右手中的東西。

原來博雅用左臂抱著柱子站起，右手仍握著盛著酒的酒杯。

「這、這個……」

「連這種時刻，你也不會灑了酒，實在很了不起。」晴明笑道。

博雅手中的酒杯，確實還剩下大約半杯酒。

博雅慌忙將酒杯擱在窄廊。

「剛、剛才到底發生了什麼事……」博雅問。

「大概是在這個地底深處熟睡的地龍，醒轉片刻，翻了個身吧。」晴明說。

晴明宅邸本身雖安然無事，但京城有許多建築物和塔都倒塌了。

東寺的塔沒有傾倒，西寺的塔卻因此次的地動而垮掉了一部分。

崩坍的塔和建築物，壓死了不少人。

日子便如此慌慌張張過去，七日後，博雅才再度於晴明宅邸露面。

二

博雅抵達時，日頭還未高高升起。

晴明和博雅在窄廊相對而坐。

「今天，我不喝酒。」

博雅於事前如此說，因而兩人的座席之間，沒有送上任何東西。

庭院的櫻花已經全部飄落，枝頭冒出嫩綠葉片，紫藤剛開花不久。

明亮的陽光中，洋溢著紫藤香味。

蜜蟲雖坐在兩人一旁，但因爲今天不喝酒，看上去閒閒沒事做，一副百無聊賴的樣子。不過，蜜蟲是式神，表情應該與平常無異，只是兩人都沒有喝酒，才會有這種感覺吧。

博雅望著在風中搖曳的櫻樹嫩葉樹梢。

「難道眞的無法可施嗎……」博雅望著庭院，喃喃自語。

「什麼意思？」晴明問。

「我是說前幾天的地震。山頭塌陷，房屋傾倒，死了許多人……」

「確實是這樣。」

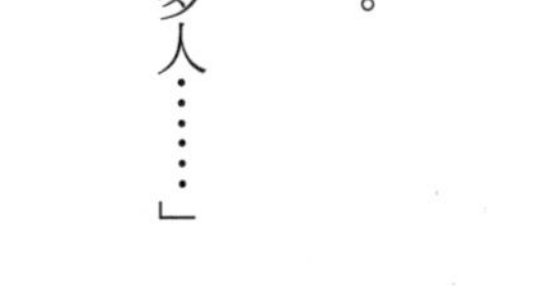

「晴明啊……」博雅收回視線，望向晴明。

「什麼事？」

「難道以你的力量，也沒辦法應付那個嗎……」

「沒辦法……」

晴明低聲道。

「日頭的活動，星辰的活動，大地的搖晃……所有天和地之事，不僅是我，任何人都無法可施……」

「是嗎……」

「人可以觀察方位以及星辰的狀態，用來占卜吉凶，但絕對無法改變星辰的活動，也無法讓時辰倒退。」

「所謂天與地，應該就是那樣吧……」

「嗯。」晴明點頭。

此時，博雅重新端正坐好，問：

「對了，晴明啊，你應該也聽說了皇上的事吧？」

「你是說，地震發生後，他心情不好，憂心如焚，第二天便臥病在床的事嗎……」

「是的。」
「接下來呢？」
「我今天來你這裡，正是爲了那件事。坦白說，自從皇上病倒後，直至今日，仍昏迷不醒。」
「什麼？」
「我們請來和尚，進行各式各樣的掐訣唸咒法術，也讓藥師調配藥劑讓皇上喝，但病情不見好轉。不僅不見好轉，反倒逐日惡化……」
「是嗎？」
「不但龍體體溫逐日下降，拍打心臟的脈膊也逐漸減弱，次數也減少了……」
「有這樣的事？」
「據說，再這樣下去的話，可能挺不到三天，因此，兼家大人傳喚我過去，對我說，這種情況最好去找土御門的晴明。我本來就覺得應該找你，便火速跑到你這裡來了，晴明……」博雅一口氣說完。
「既然如此，那就立刻動身吧。」
「拜託你了。」

「其實我最近也在擔憂一件事。反正我必須去確認那件事。」

「什麼事？」

「那件事之後再說。總之，我們此刻先趕往皇宮吧。」

「嗯。」

「走。」

「走。」

事情就這麼決定了。

三

「應該是心包和三焦出了問題。」晴明在陰陽寮如此說。

在場的人，除了博雅，另有右大臣、左大臣，以及攝政藤原兼家。

方才，晴明在紫宸殿診斷了皇上的病狀。

皇上仰躺在被褥裡，雙眼緊閉。

「喔，是這樣……」

「唔。」

「原來如此……」

晴明伸手觸診皇上龍體，一面自問自答，一面點頭。不久，收回手說：

「診察至此，應該可以了。」

晴明催趕在場的人一起離開紫宸殿，之後再來到陰陽寮。

待眾人到齊後，晴明才說出前述那句話。

「你說的心包和三焦，到底是什麼意思？」

問話的人是兼家。

「兼家大人，您可知人體內的所謂臟腑之物，到底有幾種嗎……」

「臟、臟腑？」

「是。」

「不、不知道。」

「有五臟五腑，總計十種。」

「那又怎麼了？」

「首先，是肝臟，其次是心臟、脾臟、肺臟、腎臟……這是五臟。」

「唔，嗯。」

「至於五腑，首先是膽，其次是胃、小腸、大腸、膀胱……這是五腑，再加上三焦這一腑，總計六腑。」

「唔，唔，嗯。」

「也有人認爲，五臟之一的心臟，另有一層名爲心包之物……」

「唔、唔……」

「不過，比起其他臟腑，這個心包和三焦，有其特殊之處。」

「什、什麼特殊之處？」

「心包和三焦，不但人眼看不見，也無法觸摸，是沒有實體之物。」

晴明的意思是，人體內雖有心包和三焦這兩種臟器，但是，在解剖學上來說，這兩種臟器是不存在的東西。

「我剛才不就在問你，這到底是什麼意思嗎？」

「皇上的病因正是心包和三焦……也就是說，是沒有實體且不存在的臟腑。」

「……」

「任何藥劑和咒法，都對心包和三焦不起作用……」

「你說什麼？」

「拍打心臟的脈搏很弱，況且，目前幾乎毫無人體散發出的熱度，皇上的龍體已經等同於死人。倘若如此置之不理，不要說三天後，即便明天離開塵世，也並不意外。」

「那麼，晴明，你是說，完全沒有拯救皇上的辦法了嗎……」

「我不是這個意思。」

「那、那，你有辦法嗎？」

「確實有值得一試的辦法。」

「什麼辦法？」

「扎針。」

「扎、扎針？」

「是。」

「你要怎麼扎針？針灸的話，我們請針灸大夫試過，無論扎在龍體哪裡，都不見效。」

「我說的不是那種針。」

「那到底是什麼針？」

「是雙生針。」

「雙、雙生針？」
「雙生子的人，有異於常人之處。」
「什麼？」
「倘若一方腹痛，另一方即便沒有罹病，也會感覺腹痛，這種例子很常見。」
「唔。」
「碰到這種情況，除非向最先腹痛的那一方扎針，否則，即便在另一方扎多少針，也都無法痊癒……」
「唔、唔……」
兼家看似已經完全聽不懂晴明到底在說些什麼了。
「那到底該怎麼辦？」
「請您先準備一根約八寸長的釘子。」
「嗯。」
「再準備一把超過五尺的鐵製錫杖……」
「這樣就可以嗎？」
「是。」晴明微笑點頭。

四

晴明和博雅坐在牛車內。

牛車正順著朱雀大路往南方前行。

「晴明啊，你到底打算做什麼呢？」

博雅隨著牛車搖搖晃晃，已經問了好幾次。

「你跟著我去就明白了。」

對於博雅的提問，晴明每次都如此說，並不作答。

「如果是往常，我會認爲你的壞毛病又來了，可是這回事關重大，是皇上生死關頭的時刻……」

「你到底想說什麼？」

「我是說，你能不能告訴我，你打算做些什麼事？」

「我就算此刻告訴了你，也不會影響到我接下來打算做的事。那男人有沒有可能保住性命，和我告不告訴你這事，根本毫無牽連。」

「話雖這麼說……」

「你怎麼了？」

「你告訴我不就好了嗎？晴明啊，反正我倆又不是普通關係。」博雅說。

這其間，牛車依舊咕嘟咕嘟踏著大地，往南方前行。

「那我就告訴你吧。」晴明說。

「拜託你了。」

「這可是與咒術有關。」

「什麼？」

「你還想繼續聽嗎？」

「唔、唔……」

「要聽嗎？」

「要、要聽。晴明，你就說吧……」

「老實說，我們雙腳所踏著的這塊無邊大地，中了咒術。」

「什麼？」

「博雅啊，我們此刻正是打算前往該咒術的根源，也就是地龍，去向祂老人家請安。」

「什、什……」

「我現在要去請安的對象，與其說是地龍，不如說是地龍的手臂，或是地龍軀體的一部分……說不定，只是地龍的區區一根鬍鬚……」

「我聽不懂。我完全聽不懂你到底在說什麼。」

「聽不懂也沒關係。」

「爲什麼？」

「因爲不管你聽得懂或聽不懂，目前只有這個辦法能醫治皇上的疾病。」

晴明說到此，咕嘟一聲，牛車止步。

五

朱雀大路——

眼前可見羅城門，左方亦可見東寺的塔。

不過，位於右方的西寺佛塔，因七天前的地震，屋頂崩塌了。

晴明步下牛車，伸出右手貼在地面，之後閉上雙眼，吐納了兩口氣。

「這一帶應該可以。」

晴明說畢，站起身。

「給我錫杖……」

聽晴明如此說，始終握著錫杖跟在牛車一旁的隨從之一，遞出錫杖，開口道：「請。」

晴明接過錫杖後，雙手握住錫杖，再將錫杖垂直豎立於方才用右手觸摸的地面。接著，閉上雙眼，口中低聲唸咒，再睜大雙眼，舉起錫杖。

「吩！」

晴明用力將錫杖戳向地面。

約二分之一的錫杖穿進地中。

「喝！」

「喝！」

晴明每次使出力量，錫杖便會隨之穿進地中。最後地面僅剩三寸長的錫杖頂端，其他部分全穿進地中。

「大概這樣吧……」晴明道。

「這樣到底是什麼樣？」

「這樣就是這樣。」

「喂，喂！」

晴明打斷博雅的叫喚。

「博雅，快走！我們回宮去。」

「回宮？」

「沒錯。」

話還未說完，晴明已經步向牛車。

六

回到宮內的晴明，直接前往紫宸殿，站在紫宸殿正面階梯上最粗大的一根柱子前。

「應該是這根。」

晴明伸手撫摸柱子，接著自懷中取出約八寸長的釘子，握在右手。

他將釘子尖頂在高約胸部的柱子之處，再用槌子捶打釘子頭。

咚！

咚！

捶打了幾次，釘子穿進柱子，僅剩一點點釘子頭。

「好了，博雅啊，我只能做到此地步。剩下的就是等待。」

「等待？」

「嗯，大概再等兩三天，結果即可分曉。」

晴明說的兩三天還未過去——第二天，博雅便來到晴明宅邸。

「皇上醒過來了。」

博雅一見到晴明，氣喘吁吁地如此說。

「更驚人的是，聽說皇上今天中午吃了泡飯。」

「那眞是個好消息。」晴明在窄廊一面就座，一面說。

「晴明啊，你說說，你到底做了什麼事？」博雅仍站在窄廊，俯視著晴明問。

「我在皇上的另一個雙生子身上，釘下了釘子。」

「皇上的另一個雙生子？」

「就是京城。」

「京城？」

「好了，博雅，你先坐下吧。蜜蟲會立刻端酒過來。酒還未端來之前，我會向你仔細說明……」

「拜託你了。」

晴明向坐在面前的博雅說明緣由。

「自古以來，唐國便將天子龍體全身比附爲京城。」

「唔，嗯。」

有關這方面的知識，博雅也略知一二。

「可是，那終究只是比附而已吧？」博雅提出理所當然的疑問。

「那倒不一定。」

「什麼？」

「這正是咒術之所以棘手之處，同時也是咒術之所以妙趣之處。」

「……」

「說起來，你知道神明會降駕附體這件事嗎……」

「唔，嗯。」

「即便隨處可見的石子或樹木，只要有人視之爲神，念茲在茲，跪拜祈禱，神明便會眞的降駕，附身在該物。」

「唔……」

「皇上和京城的關係，道理和神明附身一樣。若有人認爲皇上即京城，而且這種觀念持續了百年以上的話，皇上和京城便會成爲一體。」

「嗯。」

「心包位於心臟內層。三焦是在人體內運行的氣脈，是讓人體散發熱度的東西。」

「然後呢？」

「這座京城，也有一條流動的龍脈……」

「唔，嗯。」

「這條龍脈源於船岡山，在神泉苑那一帶一度浮出地表，之後再潛入地底，穿過朱雀大路，最後讓東寺、西寺的佛塔給堵住。如此，龍脈的氣數便不會流出京城，可以積存在京城內。」

「原來是這樣……」

「正是這樣。只是，前些天的地震令西寺佛塔崩塌了，結果，導致京城的龍脈外流。換句話說，皇上的另一個雙生子之京城，氣運的流向狀態惡化了。京城的龍脈等同於皇上的三焦，皇上會病倒也是理所當然……」

「那你在紫宸殿的柱子釘上的釘子是什麼意思？」

「紫宸殿是皇上居住的處所，用人體來比喻，正是心臟所在之處。也因此，我就想，若要治癒皇上的心臟，在紫宸殿的適當地方釘上釘子，才是解決問題的最佳辦法……」晴明道。

「原來如此……」

博雅說此話時，蜜蟲正好端著盛著酒的瓶子與杯子過來。

「上次慌裡慌張的，沒能好好喝一場酒，今天你看怎樣？」晴明問。

「喝。」博雅簡潔答。

庭院那些剛萌生的翠綠葉子，隨風閃閃發亮。

酒香溶於嫩葉的芳香中。

仰望中納言

一

螢火蟲在飛舞。

那些看似黃色，又看似稍微帶點綠色的神祕色彩亮光，嘩、嘩地忽明忽滅，飄浮在黑夜半空。

亮光猶如飄忽不定的人心，一會兒輕飄飄地飛到彼處，一會兒又飛到此處。

這是個無風日子。

黑暗中散發著濃郁的樹木香味。

空氣中似乎還飄蕩著另一種異乎樹木香的螢火蟲的香味。雖說即便捕獲螢火蟲，再將鼻子湊近手掌中的螢火蟲，其實也聞不出任何特殊氣味，可是，在半空飛舞的螢火蟲，似乎會散發出一種只能形容其爲螢火蟲香的味道。

此刻是梅雨暫停，難得降臨的片晌晴天——星光在沒有雲朵的夜空，閃閃爍爍，眞是個令人心曠神怡的夜晚。

鴨跖草。

紫苑。

以及含苞待放的紅瞿麥。

將近傍晚才停止的雨，令濡濕的庭院花草，光亮潤澤。

殘留在草尖上和花瓣末端的每一粒雨滴，均映出星光，看似無數星眼同時在天空和地面閃閃爍爍。

螢火蟲在其間飛舞。

「晴明啊，這眞是個無以形容的良宵呀。」源博雅將酒杯送至嘴邊說道。

他啜飲了一口酒，再細細品味地喝下。

此處是安倍晴明宅邸——

博雅和晴明端坐在窄廊，正在喝酒。

四周僅有一盞燈臺，上面點著燈火。

蜜夜在博雅的空酒盅斟酒。

空氣清澄明亮，坐在屋簷下仰望天空，可以看到北斗七星。

織女星。

牽牛星。

輦道[1]。

天津[2]。

庭院水池的水面，也映照著每一顆星眼。

螢火蟲亮光之一，高高飛起，懸浮在星空中。

「喏，晴明啊。」博雅的眼光追著那隻螢火蟲，開口說。

「怎麼了？博雅。」

晴明身上的白色狩衣，也帶著若干濕氣，比平時略微沉重。

「我們透過觀察天空的星辰，來推斷人類的吉凶禍福，這裡頭到底有何種天地奧祕在起作用呢？」

「喔，原來是這個……」

聽了博雅的提問，晴明面泛微笑。

「我可以理解你想將天地奧祕與人心奧祕繫結在一起的心情，不過，所謂星辰，就如你看到的那般，只是單純存在於天空而已。」

「啊？」

「比方說……」晴明望向庭院，「那邊有踏腳石。」

「嗯。」

---

1 輦道：屬二十八宿中的牛宿，含有五顆恆星，位於現代星座的天琴座和天鵝座，織女星東面。

2 天津星：屬二十八宿的女宿，含有九顆恆星，位於現代星座的天鵝座，織女星東面。

「不但會長出草叢，花朵綻放，也會長出松樹。」

「嗯。」

「接著，草叢上凝結著露水，螢火蟲在其上飛舞。」

「唔，嗯。」

「這一切，都是自然界的現象。有石子，有草叢，有花朵，螢火蟲在飛舞。這些現象，和星辰在天空閃閃發光的現象，其實道理都一樣。」

「所以我才在問你，到底怎麼樣？」

「不怎麼樣。兩者都一樣。我是說，倘若星辰可以占卜人類的吉凶禍福，那麼，隨處可見的石子和野花，也同樣可以用來占卜人類的吉凶禍福……」

「你到底想說什麼？」

「我的意思是，所謂占卜，取決於有生命的人的內心感情。」

「有生命的人？」

「就是取決於人心的變化。若要再說簡單一點，應該是取決於咒吧……」

「你是說，咒？」

「正是。」

「晴明，我怎麼覺得，我好像又聽得渾渾噩噩了。只要你一提起咒，事情就會變得更加複雜。」

「一點都不複雜。」晴明笑道，隨即又恢復一本正經的表情，「對了，我想起一件有關星辰的事……」

「星辰的事？」

「嗯。老實說，我剛才忘了向你提起一件事，今天晚上，藤原忠輔大人將微服私行來這裡。」

「你說的藤原忠輔大人，是那位……」

「正是那位仰望中納言大人。」晴明說，「我已經讓來人轉告，說今天晚上你……源博雅大人將光臨舍下，倘若大人不在意，隨時歡迎大駕光臨。所以，你若不介意，我們就一起傾聽大人的來意，怎樣？」

「我當然不介意。」

「那麼，就這麼決定。」

晴明說畢，以紅脣啜飲了一口自己斟在酒盅裡的酒。

二

中納言藤原忠輔——

年近花甲。

打從年少時，他便很喜歡仰望天空。

每逢空閒無事時，總是在仰望天空。

有時，即便有事正在和其他人談話，他也會抬頭仰望天空。

不問白天或夜晚。

據說，他連在值夜班的日子，也曾終夜不寢，一直站在屋簷下仰望天空直至清晨。

藤原忠輔似乎特別喜歡觀測天空。

由於忠輔總是在仰望天空，人們便稱他爲「仰望中納言」。

基於此事，他經常受人奚落。

「怎麼了？難道有什麼東西降落在天空嗎？」

「難道星辰上住著美貌女官？」

然而，無論他人說什麼，忠輔都只是笑嘻嘻地答說「是、是……」，依舊屢屢仰望天空。

某天夜晚——

當時忠輔仍是中右辨[3]職位，有一次值夜班時，他站在窄廊仰望天空。

那晚空氣清澄，有不計其數的星辰在上空閃閃爍爍。

此時，住在小一條的左大將[4]濟政恰巧路過。

「此時此刻，天上是不是出現了什麼重大事件的前兆呢？」濟政開口如此問。

每逢忠輔仰望天空時，濟政有事沒事就經常過來嘲弄忠輔，忠輔對他一直不懷好感。

「不，不，倘若此時此刻天上出現了侵犯大將的星辰，我想應該會是某種重大事件的前兆，所以正在觀測星辰。」忠輔情不自禁地如此作答。

這句話顯然令左大將濟政感到很掃興，不過，濟政明白先開口戲弄忠輔的人是自己，也明白忠輔說的話只是戲言。

「那眞是，那眞是……」

濟政只能苦笑著走開。之後，過了不久，濟政竟因染病而離開人世。

雖說只是一句開玩笑的話，但忠輔聽聞噩耗後，心情相當沮喪。

---

3 中右辨：「辨官」是日本朝廷組織最高機關中的職務，官位與四等官中的判官相等，「中右辨」是太政官右辨官局副部長。

4 左大將：左近衛府長官。

有關那天夜晚的事，濟政於生前大概曾向四周人說：

「哎呀，哎呀，我昨晚向忠輔搭話時，他向我說出這種話。」

濟政過世後，此事經眾口相傳，爲人們所共知，甚至謠言紛飛，說濟政的死或許是忠輔的責任。那以後，便沒有人會再向仰望天空的忠輔搭話。

這件事發生於五年前。

正是那個忠輔，將於今晚登門造訪。

三

「坦白說，我眞的一籌莫展。」

忠輔進門後，剛在窄廊坐下便開口如此說。

他的頭髮已經完全發白，皺紋中看似積存著疲憊。

忠輔單獨一人前來，身邊只帶著侍童和趕牛隨從。

侍童和趕牛隨從守在牛車一旁，待在停車場靜待忠輔完事，因此窄廊只有晴明、博雅、忠輔三人，以及式神蜜夜。

為了避人眼目，忠輔很晚才來。
「能不能請大人出手救救我？」忠輔道。
「到底發生了什麼事？」晴明問。
「喔，這個，我也不知道該從何處說起，我甚至猶豫不定，不知道能不能向大人說清楚我目前的困境。」
接著，忠輔幾次欲言又止，他似乎找不到適合的表達言詞，張開的口發不出聲音。
「縱使內容會繞圈子，我想，您還是按照順序從最初說起，這樣可能比較好……」
聽晴明如此說，忠輔總算開口。
「那麼，我就從最初說起。晴明大人，您可曾聽說過一直以來始終環繞在我身邊的那些流言蜚語？」
「如果您說的是與濟政大人有關的那件重大事，我確實聽說過。」
「太好了。」
忠輔用袖子擦拭額頭的汗，繼續說：
「既然如此，我應該可以省略不少圈子。我老實向您說，其實，同樣

的事不僅那件。」

「不僅那件？」

「是，其他還有幾件我說過的話都變成事實的例子。」

「是嗎……」

「我先說說兩位大人已經知曉的事，濟政大人過世後，同一年，又發生了藤原正俊大人因落馬而過世的事，這件事跟濟政大人那件事一樣。第二年，也就是四年前的夏天，發生了雷神擊中朱雀門，引起大火，燒掉朱雀門的事，這事也一樣……」

「為什麼？」

「這些事，都是我在夜晚仰望天空時，自言自語說出的話，結果都於日後成為事實。」

「確實是這樣嗎？」

「是。拿正俊大人的例子來說，自從發生過濟政大人那件事後，我一直耿耿於懷，我認為，不可能因為我說了某些話，那些話便會於日後成為事實，因而我就試著喃喃說了一句，『如果正俊大人自馬背摔落，我就相信……』，萬萬沒想到，五天後，我說的話真的成為事實……」

「竟然有這種事……」博雅大喊。
「至於朱雀門那件事，是四年前的夏天，那時每天都落下疾雷，我不由自主地說出，萬一明天又落雷，燒毀了朱雀門，可就不得了，結果第二天眞的發生了那種事。」
「您是說，除了這些例子，還有其他類似例子？」
「是。例如我說明天會放晴，或某人因有事會趕不上約定時刻等，雖然都是這類小事，但只要我說出口，通常都會成爲事實……」
「只限您實際說出口的事嗎？有沒有發生過即使您不說出，只浮現在心中，卻成爲事實的例子呢……」
「這倒沒有。要是我內心浮出的想法都成爲事實，那眞會讓人難以忍受……」
「什麼時候開始發生這種事呢？」
「我不大清楚，不過，我想，應該是五年前發生過濟政大人那件事之後吧。」
「忠輔大人在那個時期，發生過什麼事嗎？」
「什麼意思？」

「無論多瑣碎的事都可以，例如，曾向神明下過什麼願望，或開始信仰神明之類的……」

「這個，好像沒有發生過值得一提的事……」

忠輔歪著頭思索，最後想起某件事地說：

「若說做了什麼事，應該只有一件事，當年，我曾前往伊勢參拜。」

「參拜……」

「這是我每隔幾年都會去一趟的例行公事，在伊勢時，也沒有發生過任何事。」

「唔……」

晴明看似在思忖某事——

「您每次仰望天空時，有沒有什麼會令您仰起頭觀測天空的契機呢……」

「這個，應該沒有什麼契機。我自孩提時代起，便很喜歡仰望在天空飄流的雲朵或星辰，成長之後，更特別喜歡觀測星辰，從未因經常觀測而感到厭倦。倘若可能，我很希望過著白天睡覺，夜晚通宵觀測天空的生活。」

「您爲何如此喜歡觀測天空呢？」

「這……喜歡做某件事這項行爲，並非一件必須思考其理由的難題。我觀測星辰的理由，與大人您不同，您有時製作日曆，或每晚觀察天文星辰活動，我對這些事都不感興趣。就像有些喜歡賞花的人，無論看多久也不感到厭倦那般，我只是很喜歡觀測天空而已……」

「原來如此……」晴明點頭，接著說：「喔，對不起，我好像打斷了您的話，請您繼續說。」

「我記得是七天前，那天雖然不像今晚這麼晴朗，但到了夜晚，總算有點放晴，那天晚上，我久違地到外面觀測星辰時，突然聽到聲音。」

「聲音？」

「是。」忠輔點頭，「而且，那聲音強迫我，要我說出某大人將會死這句話。」

四

那天夜晚——

忠輔佇立在自家宅邸庭院，像平常一樣觀測天空。

梅雨還未結束，上空閃爍著稀疏星光。正當忠輔觀測那些星光時，他聽到聲音響起。

「喂……」

是低沉的聲音。

那聲音聽起來含混不清，大量呼氣自齒縫外洩——是一種凶狠的聲音。

「你是忠輔吧？」

「咦，怎麼回事……」

忠輔環視四周。

剛才明明好像聽到有聲音傳來——

「你看不見我，找也是徒勞。」聲音道。

「你、你是誰？」

「你不用管我是誰。我想拜託你一件事。」

「拜託？」

「聽說你只要向上天祈願，便能殺死人。」

「沒、沒那回事……」

「你是說，你辦不到。」

「不、不是……」

「你不用隱瞞。藤原濟政和藤原正俊，他們不都是你殺死的嗎？」

「不、不是。」

「怎麼可能不是。」

聲音似乎帶著冷笑。

「你還做了其他很多事。」

「什……」

「下一個目標，是兼家。」

「你說什麼？」

「你就這麼說，藤原兼家因跌倒撞到頭部而導致死亡。」

兼家擔任攝政一職。

忠輔和兼家不但相識，在工作上也有個人交往。

兩人之間也沒有深仇大恨。

怎麼可以詛咒對方去死——

「你、你為何要這樣做？」

「你只要按照我說的去做就好，不需問理由。」聲音道。

「這種荒唐事……」

「你不用急著在今天晚上說，等下一個有星光的夜晚再說也可以。你就在下一個有星光的夜晚說。」

「我沒有那種能力。」

「如果真沒有那種能力，你何必拒絕說呢？」

「……」忠輔無言以對。

「你家有個皇上賜予的螺鈿信箱吧？」

確實有。

正如聲音所言，那信箱是皇上於兩年前賜予忠輔。

「我暫時幫你保管那個信箱，等你說出我要你說的話，到時候我會還給你。」

「怎麼可以……」

「我並非拜託你直接殺死兼家，我只是拜託你說出而已。你說了之後，縱使兼家沒有死，我也會把信箱還給你。」

「喂、喂……」

「你聽明白了嗎？」

之後，聲音即不再響起。

忠輔進屋確認，信箱果然不翼而飛。

倘若皇上傳訊說「我想再看一眼那個信箱」，到時候該怎麼辦呢？

即便皇上沒有命人傳訊，遺失信箱一事也有可能傳到皇上耳裡。萬一事情變成那樣，後果一定不堪設想。

這不是一句「丟失了」便能解決的問題。

既然如此，那要說嗎？

眞要說出「兼家會死」這句話嗎？

假如眞要說出，日期便是下一個放晴的夜晚。

就算忠輔眞的說出，兼家也未必眞的會死。即便眞的死了，也沒有人知道原因出自忠輔說的話。不，大概連原因是否出自忠輔說的話，也無法追查。

畢竟這世上有偶然發生的事。

可是，那個聲音之主呢？

即便沒有任何人知曉忠輔到底有沒有說出那句話，那個聲音之主不是也會心知肚明嗎？

沒有人能保證那個聲音之主絕對不會洩露祕密。

到底該怎麼辦才好呢？

所幸直至今日一直都在下雨，上空從未出現星光。

然而，今天近黃昏時，雨停了，天空開始放晴。

照這樣下去，夜晚可能會出現星光。

一籌莫展的忠輔，只能來向晴明求助。

五

「原來如此……」

待忠輔敘說完整件事的來龍去脈，闔上雙脣時，晴明點頭開口。

「聽了您說的這些話，我有若干看法。」

「晴明，你有什麼看法？難道你明白了什麼事嗎？我完全聽得莫名其妙。」

博雅以充滿好奇的眼神，望向晴明。

「博雅大人，我只是說……我有若干看法，並沒有說我明白了什麼事。」

「不，晴明，每當你這樣說時，都是明白了什麼事時才會這樣說。你到底明白了什麼事?快告訴我。」

「是。」

晴明苦笑，接著說：

「我在此先說幾點我的看法，我還是認爲，五年前一定發生了什麼連忠輔大人您自己也沒察覺到的事。」

「我自己也沒察覺到的事，到底是什麼事呢?」

「目前我還不知道是什麼事，我只是這麼認爲而已。」

「所以我才想知道到底是什麼事呀，晴明……」

這句話雖是博雅問的，但晴明不正面作答，繼續說：

「還有一件事，應該與眼下發生的事有關，那就是，之前發生的事，是不是眞的基於忠輔大人的能力而發生的呢?」

「什麼之前發生的事?」博雅問。

「就是濟政大人和正俊大人過世的事。」

「這麼說來，晴明，你的意思是，那些事是別人做的？」

「我沒有這樣說。」

「那你到底是什麼意思？」

「博雅大人，忠輔大人，我若在此刻回答您們這個問題，只會白白浪費時間。眼下急需解決的事，是忠輔大人應不應該按照那個聲音之主所說的去做？」

「有道理。」博雅點頭。

「忠輔大人，您是否聽說過，最近這幾天，兼家大人身邊發生了什麼變化嗎……」

「這個……」

忠輔先是歪著頭，過一會兒接著說：

「我想起來了，兼家大人宅邸內西側有座觀音堂，聽說因爲要翻蓋，前幾天拆毀了，目前正在搭建新的觀音堂……」

「唔……」

晴明起初歪著頭，但隨即抬起頭說：

「在此思索這個問題，不如我們馬上動身前往忠輔大人宅邸看看？」
「我倒是無所謂……」忠輔望向博雅。
「博雅大人，您認爲如何？」晴明問。
「晴明，你在問我什麼？」
「我的意思是，博雅大人，您不介意和我們一起前往忠輔大人宅邸嗎？」
「唔……」
「您意下如何？」
「那、那麼……」博雅望向晴明。
「博雅大人，一起去嗎？」
「嗯，走。」
「一起走吧。」
「走。」
事情就這麼決定了。

六

晴明站在地面仰望星空，不出聲地呼吸。

此處是忠輔宅邸庭院。

晴明身上穿的不是平日的白色狩衣，而是忠輔剛才穿的長袍。

一行人在離開土御門大路之前，晴明和忠輔兩人先換穿了彼此的衣服。

「您能否給我幾根頭髮？」

晴明如此說後，拔掉幾根忠輔的頭髮，納入懷中，並對自己施了咒。

不知情的人若看到此刻的晴明，會誤以為是忠輔本人。

原來晴明化為忠輔。

晴明站在忠輔宅邸庭院，已過了一會兒。

突然——

「喂，忠輔……」

不知從何處傳出聲音。

「你怎麼了？為何不說？」

聲音低沉，而且含混不清。

儘管對方舌頭不靈活，發音不清楚，但仍能令人聽得清說話的內容。

「你已經下了決心，才會站在那裡吧？快說兼家會死。」聲音之主如此說。

「我會說，不過……」晴明開口，「我說了之後，您可能會出很大問題。」

「什麼問題？」

「您會無法動彈。」

「怎麼可能？不可能會發生那樣的事……」

「您想試試嗎？」

「別白費功夫，快說。」

「那麼……」晴明吸了一口氣，說道：「此刻向我搭話者，你在原地已經無法動彈。」

「啊！」

聲音在黑暗中大叫一聲，接著說：

「怎麼回事？我的身體突然無法動彈了。喂，忠輔，你對我做了什

麼？快讓我的身體恢復原狀。」

「拿火把過來……」

晴明大聲吩咐，宅邸內一個接一個出現舉著火把的人。

其中，不但有身穿晴明的狩衣的忠輔，也有博雅。

「晴明，你沒事吧？」

「晴明大人。」

博雅和忠輔快步來到晴明面前。

「當然沒事。」晴明以若無其事的聲音答。

接著，晴明用手指指向對面不遠處的松樹根，再向舉著火把的眾人說：

「就在那邊。」

幾名舉著火把的人奔向松樹處。

「找到了。」

「這裡有一種不知何物的東西。」

喚聲響起。

晴明、博雅、忠輔三人朝火把亮光聚集處走去，看到有隻眼睛發出綠光的野獸，蹲坐在松樹根。

「原來是貛。」博雅說。

映著火把亮光，蹲坐在松樹根前動彈不得的是一隻貛。

「唔，唔，你是誰？你應該不是忠輔……」

那隻貛發出人話。

「我是住在土御門的安倍晴明。」晴明答。

聽到這個名字後，那隻貛突然改變態度，討好賣乖起來。

「啊，原來是您。您就是那位安倍晴明大人嗎？如果是，像我這種小鬼頭，根本鬥不過您。」貛說。

「我問你，你到底爲了什麼理由，策劃出這種想讓兼家大人橫死的算計呢？」晴明問。

「不久之前，我仍住在兼家大人宅邸的觀音堂地板下，我在那裡築了一個巢。」聲音之主——貛開口道。

「但是，前些日子，那座觀音堂被拆毀了。我好不容易才死裡逃生，只是，我丈夫和三個孩子都來不及逃出，不但被捉住，也被殺死了。」

「你怎麼會說人話？」

「我在那座觀音堂地板下出生，也在那裡成長，大概是主佛觀音菩薩顯靈，我才能這樣地說出人話。」

「原來如此……」

「我這次是爲了替我丈夫和孩子們報仇，打算操縱忠輔大人，不過，既然晴明大人親駕此地，看來，已經沒有我出頭的份了。」獾馴順地說。

「皇上賜給忠輔大人的信箱在哪裡？」

「我在宅邸中央地板下的泥地挖了一個洞，將信箱埋在洞裡。話說回來，您只不過說了那樣的話，竟然能讓我如此動彈不得，法力果然高強。我雖然多少也具有妖力，但與您相比，實在望塵莫及。」

「你之所以無法動彈，是因爲你相信忠輔大人的力量。」

「忠輔大人的力量？」

「命令星辰讓人從馬背落下，或殺害人……」

「……」

「正因爲你相信忠輔大人具有此力量，聽了他說你無法動彈這句話，你就眞的無法動彈了……」

「無論如何，既然我變成這樣，我再也不能逃跑也不能隱藏了。請大人您隨意處置我吧。事已至此，我現在只期望能盡快前往我孩子和丈夫所在的那個黃泉，再度和他們一起生活。」

「這個嘛，大概還得再等一段日子。」

「啊？」

「因爲我剛才向你說明了你無法動彈的理由。既然你知道了理由，表示你已經可以自由動彈了。」

晴明剛說畢，獾便輕捷地往後跳了六尺遠，高興地發出叫聲。

「果然沒錯，我眞的可以動了。」

「你走吧。總有一天，你會迎接死亡的那一刻，到時候，你應該可以和你丈夫孩子重逢……」

「晴明大人，非常感謝您。日後，假若您有事找我，請您將去掉節的竹稈插在地面，再對竹稈說『我有事，快來報到』，屆時，我會馬上現身。」

獾一說畢，砰、砰地往上跳了起來，第三次跳起時，便跳到圍牆上。

「告辭了。」

獾留下這句話，消失於圍牆外。

「這樣，可以嗎？」晴明問忠輔。

「當然可以。」忠輔點頭。

「找到了！」

下人右手舉著火把，左手捧著遺失的信箱，飛奔至一行人面前。

「剛才我鑽進那隻貛所說的地板下，挖了那附近的地面，果然找到了信箱。」

「噢，正是這個，正是這個信箱。」

忠輔用右袖裹住信箱地收下。

「接下來……」晴明一本正經地再度開口，「現在，就只剩下星辰的事了。」

「星辰的事？」

「是。老實說，大約五年前，有一顆星辰失去了蹤影，我一直很在意那顆星辰的下落。」

「您這話是什麼意思？」

「忠輔大人，能不能請您抬頭仰望天空……」晴明催促。

「這樣嗎？」忠輔抬頭仰望天空。

「您看得見北斗七星嗎？」
「是，恰好看得見。」
「北斗七星排成勺子形狀，按順序，依次爲天樞、天璇、天璣、天權、玉衡、開陽和瑤光……」
晴明說出各個星辰的名稱。
「其中的開陽……就是從勺柄數起的第二顆星辰，一旁另有一顆緊貼一起的小星辰，您看得見嗎？」
「是，看得見。」
「這顆星辰非常小，有些人看得見，有些人看不見，不過，像今晚這般晴朗的夜空，通常看得見這顆星辰。而且，由於有些人看得見，有些人看不見，因此，這顆星辰自古以來便被定位爲先知星辰，我們在占卜未來事項時，都以這顆星辰爲觀測對象。」
「是嗎？」
「坦白說，五年前起，這顆星辰便不再映於水面。」
「映於水面？」
「正好那邊有座池塘。假若池水澄澈，水面如鏡，請您不妨移步站到

池邊，觀測映在池面的北斗開陽。像今天這樣的夜晚，本來應該可以看得見開陽一旁那顆小標示星辰，您意下如何……」

聽晴明如此說，忠輔站到池邊，屢次交互觀測天空和池面。

「看不見。」忠輔說，「我看得見天空開陽一旁的小標示星辰，但是，那顆星辰沒有映在池面。」

「既然如此，那顆星辰此刻到底在哪裡呢？」

「您這樣問，我也……」

「在您這裡。」

說畢，晴明伸出手指，指向忠輔的咽喉。

「這、這裡？」

「是。」

晴明將指尖湊近忠輔的咽喉，低聲唸了咒文，再用指尖碰觸忠輔的咽喉。

忠輔的咽喉亮起星光。

「您說，您在五年前曾前往伊勢……」晴明問：「那時，您是否在神社內某處喝了水……」

聽晴明如此說，忠輔思考了一會兒，接著大聲叫出。

「啊，就是那時……」

「您喝了水嗎？」

「是。」忠輔點頭，「抵達伊勢那天，夜空剛好如今晚這般晴朗，由於星空太美，我幾乎整個晚上都在那附近閒逛，仰頭觀測星空。就在我順著五十鈴川往前走時，我感到口渴，那時湊巧走到淨手亭附近，於是我就用淨手亭的勺子取了一瓢水，喝了幾口水以潤喉。」

「應該就是那時。」晴明道：「那時，那顆星辰剛好映在淨手亭水盤水面，您用勺子舀起那顆星辰喝下了。您想想，那顆星辰是勺子星，映在伊勢神社內的淨手亭水盤水面，您用了伊勢神的勺子，舀起那顆星辰喝下。難怪星辰會被舀起而失去蹤影……」

「這麼說來……」

「您那時喝下的星辰，此刻正在您的咽喉發光。」

「什麼……」

「那顆星辰是可以預知未來的標示星辰，也因此，喝下星辰之後的忠輔大人，便擁有了未卜先知的能力。」

「這、這麼說來……」

「換句話說，並非忠輔大人將某事說出口，日後眞的發生某事，而是本來就會發生的事，讓忠輔大人您先說出口而已。」

「那、那，就是說……」

「濟政大人和正俊大人過世的原因，不是因爲忠輔大人說出的話。」

聽晴明如此說，忠輔嗚噎一聲，說不出話。

「您打算如何？要讓那顆星辰一直留在您的咽喉嗎？」

「不，不，晴明大人，能未卜先知，到底有何益處呢？正因爲看不見，因爲看不得，人活在這世上才有喜悅，才有悲傷。」

「那麼，我們讓那顆星辰回到天空吧。」

「您辦得到嗎？您能讓那顆星辰……」

「是。」

晴明點頭，將右手貼在忠輔的咽喉。

「水往低處流，映在水面之物往高處，速速返回……」

說畢，晴明鬆手。

「啊，咽喉那地方發癢……」

忠輔還未說完整句話，即微微咳嗽了一聲。

隨著咳聲，自忠輔口中飛出一個閃亮東西，落到池面。

「噢……」

發出叫聲的是博雅。

「晴明，回去了。那顆標示星辰，與開陽並排，一起映在水面。」

博雅望著池面說。

「太好了。」晴明答：「這樣一來，我惦記的那件事，總算完滿解決了。」

說畢，晴明抬頭仰望天空。

無數星辰在天空閃閃爍爍。

那是個看似即將要出梅的星空。

「博雅大人，離天亮還有一些時辰。我想，今晚就在這裡一面聆聽博雅大人的笛聲，一面通宵飲酒吧。」

「晴明啊，我正想說同樣的話。」

博雅也抬頭仰望天空。

晴朗的夜空，滿天星辰。

山神的供品

一

這是一條山中小徑。

說是小徑，其實幾乎從未整修過。

和野生動物行走的獸徑一樣。

地面四處都是大小岩石，或者埋在泥土中露出尖端的岩石，很難前行。

樹根纏繞著岩石，大部分小徑被夏天青草埋沒，有許多牛虻，走著走著，從樹梢會啪嗒啪嗒掉落山蛭。山蛭也會自袖口、衣領、腳跟爬進，吸吮人血。

有時夜晚睡覺，檢查身上的衣服時，方始發現山蛭黏在肢體正在吸吮血液。

山蛭吸了鮮血後會腫脹，看上去令人作嘔。即使用手指捏著山蛭，也很難扯下，若將山蛭捏碎，則會鮮血迸濺。

就算山蛭脫離肢體，被吸吮之處也不容易止血。

在這樣的山中，有個女人獨自走著。

她頭上戴笠，右手握著一根手杖，不時被樹根和岩石絆住腳，正順著山中小徑爬上來。

這是一條從常陸國[5]通往陸奧國[6]，途經燒山關卡[7]的道路。

雖然勉強可以騎馬通過，但女人是徒步。

她背上背負著用布包裹著的袋子。

頭上的樹梢不時隨風搖晃，靠近地面之處卻因被樹叢遮住，幾乎沒有風。

森林的大氣含有濕氣，宛如在水中行走。

女人的白皙下巴不停滴落汗水。

但是，女人不休息。

她看似有事想不開，只顧著向前邁進。

女人的腰上掛著一個葫蘆。

看那葫蘆沉重搖晃的樣子，裡面可能盛滿了水或其他液體。

當她繞過一塊大岩石底下時，停下腳步。

她本來一直望著地面往前走，此刻抬起臉來。

女人面前站著三個男人。

---

5 常陸國：今日的茨城縣大部分。

6 陸奧國：今日的福島縣、宮城縣、岩手縣、青森縣、秋田縣東北部。

7 燒山關卡：位於茨城縣西北部，緊鄰福島縣、栃木縣縣境。

男人全身散發出類似野獸的汗水味。三人都長著邋遢鬍子，蓋住了臉的下半部。「妳這樣很危險喲，一個女人竟敢獨自遠行。你說是不是？鹿麻呂喲。」

在女人看來，站在最右邊的男人說。

「噢，蛭丸喲，你說的沒錯。」

站在中央的男人——鹿麻呂輕笑著翻開嘴唇，露出一口黃牙。

「看樣子，我們不幫忙不行了。你說是不是？熊男喲。」

鹿麻呂如此說，站在最左邊那個大個子，望著女人接著說：

「我們來幫她忙吧。」

女人雙眼露出畏懼神色，凝視著三個男人。

她似乎發不出聲音。

「背上的東西好像很重。」鹿麻呂說。

「身上穿的好像也很熱。」蛭丸說。

「全部讓我們幫妳拿吧。」熊男說。

「你們想做什麼？我不需要你們幫忙……」

女人終於開口，但她的聲音在顫抖。

「不用客氣，我們幫妳拿。」

熊男向女人伸出手。

女人背轉過身，試圖逃跑，鹿麻呂衝過來握住女人的右袖，女人當場倒下。

「既然是女人獨自遠行，妳應該已做好途中可能會遭遇這種事的心理準備了吧。」

蛭丸蹲下身，盯著坐在地面的女人。

女人剛強地抬起臉。

「那樣的話，索性……」女人瞪著蛭丸，接著說：「殺掉我吧。」

她繼續說：「殺了我吧，請你們殺了我……」

「妳說什麼？」

蛭丸拉高了嘴角。

那時——

「妳好像蒙難了。」

上方傳來嘶啞的聲音。

三個男人和女人同時抬起頭。

原來一旁的大岩石上，有一個人。

是一個老人。

蓬鬆散亂的白髮。

滿布皺紋的臉。

以及，白色的鬍子。

瞪眼直視下方的眼眸是黃色的，而且，牙齒也是黃色的。

「如果妳有困難，我可以助妳一臂之力。」老人說。

老人說的台詞，和不久前男人們說的相似。

「你是誰啊？」鹿麻呂問。

「我是蘆屋道滿……」老人答。

「蘆、蘆屋……」熊男開口說了一半。

「是道滿。」

老人邊回答，邊自岩石頂上跳下。

老人跳到男人們面前，站到女人身邊。

「你想阻止嗎？」熊男拔出腰上的長刀。

「那要看是什麼謝禮。」

「謝禮？」

「喂，女人，妳腰上那東西是酒吧？」

女人用力點頭。

「好，就這麼決定了。」

老人——道滿自言自語。

「決定了什麼？」

熊男舉起長刀，向前邁出腳步。

「我決定幫助這個女人……」

道滿無視三個男人的存在，側身伸出右手，一枚、兩枚、三枚地摘著低垂在頭頂的楓樹樹枝上的葉子。

「老頭子，你想找死嗎？」鹿麻呂說。

「等我喝足了酒之後，或許……」

道滿邊說邊轉身面向三個男人，然後，抿嘴嗤笑。

「你這個混蛋！」

熊男揮起長刀，道滿向上張開右掌。

手掌上有三枚楓葉。

「呼！」道滿向楓葉呼了一口氣。

輕飄飄。

輕飄飄。

輕飄飄。

三枚葉子在空中飛舞。

那些葉子，一枚飄落在熊男的右肩，一枚飄落在鹿麻呂的頭上，一枚飄落在蛭丸的胸口。

「那個，馬上會沉重起來。」

道滿說畢，熊男、鹿麻呂、蛭丸的雙腳停在原地。

「越來越重，越來越重，那個，正在不停加重。」道滿唱歌似的說。

然後——

「唔。」

「這是……」

「怎麼回事？」

熊男、鹿麻呂、蛭丸三人的雙腳各自纏在一起，踉踉蹌蹌。

「哇！」

「好、好重！」

「身子……」

三人的腰身逐漸下沉，最後在原地蹲坐下來。

熊男和鹿麻呂坐在地面，無法動彈。蛭丸仰面朝天，正在奮力掙扎。

他們那個姿勢，恰恰是被落在肩上、頭上及胸口的那枚楓葉，壓得動彈不得的模樣。

「喂，你們眞幸運。如果讓京城的安倍晴明來做這個，你們早就被壓碎了，腸子和眼珠早就四處飛散了。」

道滿開心笑著，轉身面向女人。

不料——

女人已經失去蹤影。

她順著山徑，早已爬到相當高的地方。

二

「喂！等等……」

道滿站在順著山徑前行的女人面前。

「我救了妳，妳連一個謝字都不說就要走人嗎……」

「謝謝您救了我。」女人行了個禮。

「妳爲什麼離去？」道滿追問。

「您救了我，我卻擅自離去，您一定會認爲我是個自私的人……」

女人說到此，噤口不語。

「因爲我很可怕嗎？」道滿說。

人在遭野狼襲擊時，老虎跳出來救了人，對人來說，只是從被野狼吃掉換成被老虎吃掉而已，人本身的立場根本沒有改變。

而道滿的風采確實比剛才那三個男人，更怪異，更可怕。

然而——

「我不怕。即便當場被殺，我也不在乎。不，應該說，倒不如死去……」女人如此說。

「妳說什麼？」

「我還要趕路……」

女人再度行了個禮，打算繼續前行。

這女人，一下子說死了也好，一下子又說要趕路，眞是個令人摸不著頭腦的女人。

「妳要趕路，可以。但是，我們說好了。妳腰上的酒給我吧……」道滿伸出右手。

「不行。」女人倒退一步。

「我們不是已經說好了？」

「沒說好。」

「什麼？」

「您問我腰上的東西是不是酒，我當時點了點頭，但是，我沒說要是您救了我，這酒就送給您……」

「是這樣嗎？」道滿用右手食指使勁地搔著頭。

其間，女人已經邁開腳步走遠了。

「喂，喂……」道滿追了上去。

但是，沒走幾步，女人便停下腳步。

該處有一株高大的日本山毛櫸古木，根部有一塊圓形石頭。

女人正是在那塊石頭前駐足。

「怎麼了？」

道滿問話時，女人突然哇地大叫一聲，把臉趴在那塊圓形石頭上，放聲大哭。

「什麼事？怎麼了？」

道滿站在女人身邊，手足無措。

「到底發生了什麼事？」

「我丈夫在去年的這個時候，死在這裡。」女人說。

三

近衛舍人[8]中，有個名爲紀聲足的人。

他自幼便有一副好歌喉，日後成爲神樂[9]舍人，每次唱歌都唱得非常動聽。

無論快樂時、悲哀時，獨自一人時，他都很喜歡隨心所欲地唱著即興歌曲。

這個紀聲足於去年遠行至東國。

---

8 近衛府的下級職員，隸屬於近衛軍，一種皇宮警察。

9 日本神道神事之時，奉納神祇的歌舞。宮中的稱為御神樂，民間的稱為里神樂。

他的任務是相撲使者，奉命前往諸國召集參加相撲節會的力士，再帶他們返回京城。

因而只要離開京城，他就無法馬上回來。

他有個名爲紘的妻子。

夫妻倆膝下雖沒有孩子，但聲足非常疼愛妻子，妻子紘也無比深愛著丈夫。

「阿紘，我一定會平安無事回來，妳可千萬不能患病。」

「夫君，祝您一路平安。」

兩人同衾共枕，於第二天早上依依不捨地道別。

他於春季出行，在陸奧國想方設法召集了力士，好不容易才踏上返京歸途時，季節已經是八月。

在回鄉路途中，一行人來到陸奧國通往常陸國，名爲燒山關卡的山徑。

山很深，人跡罕至。

聲足騎在馬上，順著山徑前行。

有幾名隨從跟在身邊，這些隨從都是徒步。

因爲有人負責拉馬匹韁繩，因此即使是山徑，聲足也無所牽掛，最終竟迷迷糊糊地打起盹兒來。

待他回過神來時，山徑已經進入常陸國。

「我眞是迢迢千里地來到這麼遠的地方。不知阿絃正在做什麼。」

聲足心中想的都是有關妻子絃的事。

「對了，我來給阿絃唱一首歌。」聲足如此想。

每次因公務遠遊諸國時，聲足總是學會當地的歌謠，返回京城後，再唱給妻子絃聽，這是聲足的樂趣。

正好他在常陸國也剛剛學會了一首名爲常陸歌的歌謠。

於是，聲足一邊踢著馬的泥障打節拍，一邊高聲唱起那首常陸歌。

美妙歌聲自馬背傳至深山山谷，引起一陣迴響。

聲足想讓人在京城的絃也能聽到，因而全心全意地，兩遍、三遍地重複唱著那首歌。

突然——

「哎喲，眞是太有趣了。」

不知從深山哪裡傳來話聲。

那話聲並非響自固定一個方向。
而是自森林，自山谷，自山頂，自四面八方響起。
「哎呀，眞是美妙的聲音。」
與此同時，並傳來一陣啪、啪的拍手聲。
聲足害怕得宛如頭髮都豎了起來。
「是誰？誰在說這樣的話？」聲足問衆隨從。
「沒有人說這樣的話。」
衆隨從矢口否認，又再三說他們不知道是誰在說話。
「也許，是這裡的山神聽到聲足大人的歌聲，正感到很高興。」隨從之一如此說。
此時——
「那聲音，我想要。」
響起這樣的話聲。
一行人覺得很可怕，打算趕緊下山，遂加快腳步。
「我感到有點噁心。」
聲足說他感覺很不舒服。

沒走多遠，聲足便從馬背滑落下來，據說待衆隨從趕過去時，他已經死了。

因爲聲足從馬背滑落的地方，有一株高大的日本山毛欅，衆隨從便從附近搬來一塊圓形石頭，擱在根部以示哀悼，然後將屍體抬到馬背，好不容易才抵達山腳村落。

四

女人敘述了以上詳情，接著說：

「那個名叫絃的聲足的妻子，正是我。」

說畢，簌簌淚下。

「我丈夫雖然死了，肉體也已化爲泥土，但是，如果眞是這裡的山神抓走了我丈夫，他的靈魂應該還留在這座山中。若是如此，我很想見我丈夫一面，因此我才這樣自京城專程來到常陸國。」

「那麼，妳剛才向男人說的『殺了我吧』那句話……」

「我是這樣認爲，如果死在丈夫聲足死去的這座山中，應該可以見到他……」

「原來如此，原來是這般事情……」

道滿點頭如此說時，太陽已經西傾。

雖然天空仍很明亮，但無論要繼續前行或走回頭路，都已經不可能在可以看清腳邊路的時刻內抵達村落。

「那些酒呢？」道滿問。

「這樣的我，多少也有點彈琵琶的心得。我想，如果我在山神抓走我丈夫的這個地方，彈著琵琶，縱使我的技術不如我丈夫那般好，不過，只要山神中意了我的琴聲音色，或許會對我寄予同情，讓我和丈夫見一面，您看……」

女人卸下背上的包裹，解開布包，從中出現一把琵琶。

「您剛才問的那些酒，是用來獻給山神的御神酒。」

女人從懷中掏出一個土器，擱在地面。

「唔、唔……」道滿挽著胳膊哼哼低道。

「您怎麼了？」女人問。

「算了，算了，妳只是一個普通人，不應該做這種事。」

「爲什麼？」

「這不是你們這種普通人承擔得起的事。他們那個世界，實在反覆無常。人類的感情和想法，就像漂浮在暴風雨的大海中的一片樹葉，稍微一晃，妳都不知道會被晃去哪裡。」

「可是，我不能什麼都不做地就這樣回去。即便山神不動心，我也沒有別的選擇，只能按照我所計劃的去做。」

「這樣會縮短妳的生命。」道滿說。

「道滿大人……」女人望著道滿，「生命是什麼呢？」

「哎……」

「我不認爲，只有長壽才是生命的應有狀態。就算因爲這件事而縮短了我的壽命，我也不會後悔。」

「那就別無選擇了……」

「什麼別無選擇？」

「我來助妳一臂之力。」

「您要幫我忙嗎？」

「反正是順水人情。妳也不需要將全部的酒都獻給這一帶的土地神。

只要分給我一半，我會讓妳見妳丈夫一面。我，道滿，在這方面還算是個靠得住的男人。只是……」

「只是什麼？」

「事情是否會如妳所願地進行，我就不敢保證了。」

道滿如此說後，呵呵笑了起來。

五

夜晚——

道滿和女人，並排端坐在日本山毛櫸根部一旁。

深山的濃郁黑暗，籠罩著兩人。

樹梢在他們頭頂隨風沙沙作響，但兩人都看不見樹梢到底是如何晃動。

雖然有燒火，只是火焰很小，最多只能照亮兩人，以及兩人身後的日本山毛櫸根部四周，火焰亮光無法照到遠高於兩人頭頂的樹梢。

錚錚。

錚錚。

琵琶正在響起。

道滿一面聽著琵琶琴聲，一面在土器注酒，然後一小口一小口地啜飲。

琵琶聲攙混進黑暗，融化於黑暗，與黑暗同化，彷彿深深滲透至山的懷抱中。

太陽下山後，女人便開始彈琵琶。

此刻已經是半夜三更。

女人一直不休息地持續彈著琵琶。

然而——

始終都沒有響起任何話語聲。

女人頓住彈琵琶的手。

「怎麼了？」道滿問。

「是不是我的琴藝還不成熟呢……」

女人惶惶不安地望著道滿。

火焰亮光像是反映了女人的內心感情，在她的臉上搖搖曳曳。

「不能說不成熟……」道滿說。

女人確實是琵琶能手。

只是，也僅是能手而已，道滿暗忖。

會彈一手美妙琵琶——光憑這點，絕對無法打動這個天地。

不過，道滿不能對女人如此直說。

「繼續彈，一直彈。妳不要去想琵琶琴藝的好壞問題。妳只要專心彈……」道滿說。

女人再度彈起。

烏黑樹叢的樹梢在頭頂上翻滾。

女人繼續彈著琵琶。

有時，道滿會將小樹枝放入火堆。

不久，音色開始走調。

按住琴弦的手指已經破皮，淌出血來。

握著撥片的手指指甲下邊，也流出鮮血。

琴音完全走調了。

儘管如此，女人仍不終止彈奏。

「這就行了……」

道滿自言自語，於土器斟酒，逕自喝下。

又過了一會兒，琵琶音色更是亂七八糟，但女人依舊沒有終止彈琴。

道滿將土器裡剩餘的酒一飲而盡，站了起來。

他走到火堆另一邊，將土器擱在該處的石頭上，再倒入酒。

其間，女人持續彈著琵琶。

她的手和手指，皮膚已經剝落，琵琶和琴弦沾滿了鮮血。

然而，對於手指的痛楚，女人到底感覺到什麼程度呢？

她只是精神恍惚地持續彈著琵琶。

道滿提著盛著酒的酒瓶，走回火堆這一邊。

也不知女人是否意識到道滿的走動，總之，她依舊持續彈著琵琶。

她彈的已經不能稱之爲曲子了。

琴弦已鬆散，音色零零碎碎，但女人依舊持續彈著琵琶。

突然——

火堆對面的黑暗處，出現了閃閃發光的東西。

那是小小的，閃亮的綠色光芒。

是野獸的眼眸。
不只一雙，有好幾雙都在發光。
那光芒逐漸挨近火堆。
終於看清楚了。
那是，用兩隻腳站立的老鼠。
那是，用兩隻腳站立的兔子。
那是，用兩隻腳站立的蟾蜍。
那是，用兩隻腳站立的貉子。
那是，用兩隻腳站立的狐狸。
「回去！我們呼喚的不是你們……」
道滿如此說後，那些野獸果真離去了。
其次來的是樹上的東西。
啪嗒。
啪嗒。
響起的是羽毛聲，頭頂的樹枝上傳出停佇著無數某種東西的聲響。
頭頂上的黑暗處，星星點點睜著發出黃色、紅色亮光的眼睛，正在俯視兩人。

「回去！我們要找的不是你們……」

道滿說。

啪嗒。

啪嗒。

響起好幾聲羽毛振翅聲，接著，那些擁有發出黃光或紅光眼眸的主人消失了。

過一會兒——

在黑暗的深處，傳出巨大物體蠢動的聲音。

好像是黑暗本身動了起來的動靜。

呼。

呼。

雖小，卻很沉重的呼吸聲。

接著傳出一陣野獸的毛與樹叢摩擦的聲音。

不久，野獸現身在火堆對面。

藉著火光，隱約可以看見野獸身姿。

那是左右各有兩根、總計共有四根獠牙的青色野豬。

雙眸發出蒼白色亮光。

是一頭可怕的巨大野豬。

「終於來了……」道滿站起身地說。

齁齁……

齁齁……

那頭野豬發出咆哮。

雖然聽不清野豬在說什麼，不過，聽起來好像是人話。

假設說的是人話，那麼，在某種程度上，那聲音勉勉強強可以令人聽出大概在說什麼。

「一開始，我只是感到這琵琶聲很嘈雜……」

那頭青色野豬似乎如此說。

「聽來聽去都不終止彈奏本來想乾脆吃掉算了，可是琴聲亂了以後，竟變成每個音色都會打動我的心。而且，有件事也令我很在意，所以我才出來看看……」

那聲音低沉得幾乎無法聽取。

「還有，這味道，不是酒嗎……」

「正是酒。我特地來請你喝酒。喝吧……」

道滿說畢，那頭野獸從森林深處爬出。

是一頭身軀與馬一樣高的青色野豬。

火堆前的石頭上，擱著土器，裡面盛著酒。

那頭青色野獸慢吞吞地挨近，之後伸出巨大舌頭舔了一口土器。

就那樣，剩下的一點酒全沒了。

「你喝了酒……」道滿說。

「喝了，那又怎樣？」

「這是我道滿斟的酒，不同於其他人倒的酒……」

「什麼？」

「此刻，因爲你喝了酒，所以你我之間衍生了緣分。而且，那是我的酒。也就是說，我是主人，你是客人。」

「那又如何了？」

「已經喝了酒的你，必須答應身爲主人的我一個請求。」

「若不答應呢？」

「你將成爲我道滿的式神，直至我壽終正寢，你都必須聽從我說的話。」

「道滿？你是說，你是之前和那個小野篁一起在地獄鬧得天翻地覆的那個道滿……」

「我正是那個道滿。」

「原來如此。既然是那個道滿，想必這種程度的海口應該誇得出。」

此時，女人已經停止彈琵琶。

她默默無言，傾聽突然出現在眼前的巨大青色野豬和道滿之間的交談。

「算了，好吧。你有什麼請求說出來聽聽。說吧，道滿……」

青色野豬如此說。

「去年這個時候，有個男人路過這裡，你是不是把他抓去當眷屬之一了？」

「去年這個時候？」

「是個名叫紀聲足的男人。就是那個路過這裡，高聲唱著常陸歌的男人……」

「噢，是那個很會唱歌的男人。如果是那個男人，我已經抓走、讓他成爲我的眷屬之一了，怎麼了……」

「你看看那個女人。」

「那個女人？」

青色野豬望向絃。

「那女人名叫絃，她的丈夫正是你去年抓走的那個男人。」

「原來如此……」

「她丈夫的名字叫紀聲足，你去年抓走的那個男人……」

「那又怎麼了？」

「你能不能讓他們相會……」

「讓她和聲足相會？」

「沒錯。」

「這種請求一般是不聽從的，不過這個時候賣人情給大名鼎鼎的蘆屋道滿大人應該也算是不錯的主意。聲足那傢伙，他聽到琵琶聲之後，一直坐立不安。正因爲他那個樣子，我才來看看到底怎麼回事，原來如此，原來是這麼回事……」

青色野豬發出類似泥濘沸騰的咕嘟咕嘟笑聲，背轉過身，悠然地走進森林，消失身影。

六

青色大野豬消失蹤影後，過了一會兒，黑暗中傳來呼喚聲。

「阿紘呀，阿紘呀……」

道滿和女人望向聲音響起的方向，只見森林中的黑暗之處，似乎站立著某種朦朧物體。

「是我啊，是聲足，我來見妳了……」站著的朦朧物體開口。

「夫君……」

女人將琵琶和撥片留在原地，站了起來。

她繞過火堆，站到火堆另一邊，同時，全身發出青白色亮光的人影，也從森林中走出來。

「夫君……」

「阿紘……」

兩個人面對面站著，女人淚如泉湧。

「我實在太想見您一面了。」女人說。

「我也是。一直想見妳……一直想見妳想得難以忍受，但是我已經死了，現在是服侍青物主的人。除此之外，我更一直希望妳能忘了我，過妳的幸福日子……」

「不，不，我怎麼可能忘了您？當我聽到您在這裡去世的消息時，我傷心得幾乎快死去，後來又聽說可能是這一帶的土地神，看上您那美妙歌喉，把您抓走了，既然如此，我決定不惜一切代價也要來見您一面，就算只能看一眼也好，因此才如此千里迢迢來到此地……」

女人說到此，接著放聲大哭。

聲足這方則是爲了想扶住女人而伸出雙手，不料，他的雙手竟然穿過女人的身體，不但無法扶住她，也無法擁抱她。

有一段時間，兩人談得忘了一切，不知不覺，東方天空出現了曙光。

森林內仍很黑暗。

「阿紘呀，我必須離去了。這是最後一面。雖然以後我們再也無法相見這事很可悲，但是我希望妳能忘記我，妳可以在日後找人重嫁，過著妳

的幸福日子。」

聲足曉諭地說。

「我要走了。」

聲足背轉過身。

然後，不勝感喟地唱起歌來。

是常陸國的歌謠。

那歌聲聽起來無比悲寂，眼看那身姿即將緩緩消失在森林裡。

「夫君！」

女人呼喚，聲足瞬間回過頭來，寂寞地微笑著，再次背轉過身，之後，消失在森林中。

七

道滿和女人在火堆前相對而立。

「怎樣？妳滿足了嗎？」

道滿開口問，但女人沒有回答。

她只是低聲啜泣著。

女人拾起掉在地面的撥片，望著道滿。

她的眼神發出強烈下定決心的亮光。

「不行……」

道滿奔過去，試圖從女人手中抽出那個撥片。

但是，爲時已晚。

女人在道滿的手還未抵達之前，便將撥片貼在自己的白皙咽喉。

「承蒙關照了，道滿大人……」

女人說畢，將撥片的角刺進自己的白皙咽喉，接著往橫一拉。

女人身上沾染了朱紅，倒躺在地面。

當道滿趕過來，爲她把脈時，女人已經斷氣。

道滿茫然地站在原地。

「眞是個愚蠢的女人……」

聲音響起。

青色野豬在森林內注視著這方。

「就算她死了，我若不召喚她，死再多次也無濟於事啊……」

青物主再次背轉過身，打算消失於森林中。

「慢著……」道滿出聲喚道。

「怎麼了？」

「把這女人帶走。你若不帶走，我絕不寬恕你。」

「是嗎？不寬恕？你什麼意思？」

「你最好不要惹火我。你若不帶走女人，小心我對你們作祟。」

「是嗎？要作祟？」

「我會在這座山點火，讓你們所有眷屬都無棲身之地。」道滿厲聲恐嚇。

「你不用擔心。即便你不說，我也打算帶她走。」

青物主慢條斯理地從森林內走出。

他把鼻子貼在女人的屍骸上。

「走吧，女人。妳將成爲我們的眷屬之一。」

青物主說畢，自女人的屍骸中迅速升起一具女人的陰態。

也就是女人的幽靈。

女人落地後，邁開腳步朝青物主的方向走去。

方才那個聲足，正站在青物主一旁。

女人站到聲足身邊。

兩人以無比溫柔的眼神望著道滿，微微行了個禮。

青物主背轉過身，兩人也跟著背轉過身。

兩人隨著青物主緩緩而行，之後消失在森林中。

待他們的身影完全消失後，太陽即在東方上空升起，一部分朝陽也射進森林。

道滿看似了然無趣地坐在已經沒有火焰的火堆前，舉起酒瓶往土器倒酒，喝下。「爲了討一口酒喝，我好像多此一舉了……」

道滿凝視著空土器，自言自語。

「咯……」

他喃喃說著，再於空土器注酒，一飲而盡。

酒瓶終於空了。

「還是回京城吧……」

道滿低聲嘟囔。

「獨自一人喝酒，總覺得不好喝。」

喀。

喀。

喀。

道滿發出低沉笑聲，之後，順著山徑下山。

往生筏子

一

秋蟲鳴叫聲中，可以聽見摻雜著人的哭泣聲。

中天懸著滿月。

清澄的青白月光中，長瓣樹蟋、金鈴子、鈴蟲、金琵琶，這些蟲子群集一起的叫聲，聽來宛如鳴響在秋天大地的樂音。

正是在其中，摻雜著人的哭泣聲。

八月十五日——

在這愈來愈深的秋天氣息中，傳來「嗷……嗷……」的人的哭泣聲。

蘆屋道滿走在夜路時，聽到了那個人的哭泣聲。

這是通往攝津國[10]豐島郡[11]箕面瀑布[12]的路。

那哭聲很奇妙。

明明在哭泣，哭聲中卻讓人感受不到任何悲愴感或哀傷。反倒在哭聲中似乎可以聽出混雜著喜悅的情懷。

「怎麼回事……」

道滿對那聲音很感興趣，於是偏離原來的道路，拐向哭聲傳來的方

10 現在的大阪市、堺市北部、北攝地區、神戶市須磨區以東。

11 大阪府轄下的郡。

12 位於大阪府北部箕面市。

向。

那是一條狹窄的路，左右兩方都披蓋著被露水沾濕的秋草。

撥開那些秋草前行，遠遠可以看見一株高大松樹，在晴朗星空下形成一片陰影。哭泣聲正是從松樹那方傳來。

繼續前進，道滿看見松樹根部坐著一個男人。

仔細一看，男人面前的地面擱著一個瓶子，以及一個缺口的土器，夜晚的大氣中，好像散發著酒味。

「噢……」

道滿叫出聲，咽喉顫抖地響了一下。

「是酒嗎……」

道滿走到仍在哭泣的男人面前，停下腳步。

「你有什麼問題嗎？」道滿搭訕問道。

男人抬頭望著道滿，說：

「沒有問題。」

年齡大約在五十上下。

男人看到白髮任其生長，鬍子也任其生長，黃色眼眸發出亮光的道滿，也沒有受到驚嚇。

「那就有點麻煩了。」道滿說。

「爲什麼？」

「如果你沒有問題，我就不能幫助你。如果你有問題，我打算幫助你解決問題，然後再讓你請我喝酒當謝禮。」

「你想喝酒的話，酒給你。」

「那眞是太好了，只是我也不能白喝你的酒。」

「我已經不需要這瓶酒了。反正我會把酒丟在這裡，你隨便喝好了。」

「既然沒有問題，你爲什麼哭泣？」道滿基於好奇地問。

「人並不是在悲傷時才會哭泣。其實高興時也會哭泣。只不過我活了這麼一大把年紀，也是現在才明白這個道理。」

「發生了什麼事？」道滿問。

「剛才，就在這裡，有個地位很高的僧人，和佛陀的使者互相談話了。我聽得感動萬分，就情不自禁大聲哭了起來。」

「原來如此……」

道滿津津有味地點頭，在男人面前坐下。

二

男人的名字叫炭麻呂。

他在附近森林裡蓋了間小屋，住在那裡。

平日都在這一帶的山中，利用陷阱和弓箭捕獲獸類，有時也捕捉鳥類，以此爲生。

春天到夏天，主要摘採野菜，秋天則摘採果實以及蘑菇，有時將摘採的東西換成米和酒，如此生活。

今年秋天，因爲早早就收穫了許多蘑菇和栗子，不僅換了不少米，也換來很多酒。

由於有些餘裕，偶爾想做一些類似風花雪月的事，視滿月爲下酒菜地喝點酒，便走出了小屋。

他坐在離箕面瀑布不遠的這株箕面松樹下，打算一邊觀賞掛在樹梢的月亮，一邊喝酒。

坐在松樹根部，一小口一小口啜飲著酒時，他竟沒來由地悲傷起來。

他獨自一人在喝酒。

無論月亮多麼美麗，身邊也沒有可以一起觀賞的人。

獨自一人眺望月亮，根本一點意思也沒有。即使當時獨自一人，只要想起身在遠方的某一個人，應該也會萌生某種程度的情趣，但炭麻呂連那個身在遠方的人也沒有。

就算在喝酒，就算在觀賞月亮，也只會莫名地加深悲傷和寂寞罷了。

那時，突然——

上空簌簌傳來一陣輕微的、奇妙的樂聲。

宛如松樹樹枝碰觸到月亮，在月光中發出聲音似的。

那樂聲逐漸大了起來。

吱啞。

吱啞。

與此同時，也傳來搖櫓的聲音。

樂聲和搖櫓聲逐漸挨近。

仰頭望向上空，也看不見任何物事。

只聽得見樂聲和搖櫓聲從西方逐漸挨近。

不久，那樂聲來到可能是正上方之處。

「請問，請問……」

頭頂上方傳來話聲。

「你們是不是特地來接我的？」

是男人的聲音。

這時，搖櫓聲和樂聲都停止了。

「今晚我們預計去接其他人，所以將前往另一個地方。明年的今晚，我們會再來接你……」

既非男人也非女人的美妙聲音，自上空降下。

「哎喲，謝天謝地。」

話聲還未結束，便再次響起樂聲。

吱啞。

吱啞。

搖櫓聲也隨之響起。

樂聲和搖櫓聲逐漸遠去，過一會兒，那聲音便完全消失，四周只聽得見吹動松樹樹枝的風聲，以及蟲子叫聲。
炭麻呂手端著土器，驚訝得僵在原地，不久，松樹上傳來動靜，有人爬下來了。
是一位穿著黑袍的老和尚。
「您是誰？剛剛在松樹上，到底發生了什麼事？」炭麻呂問。
「我名叫祥雲，是這附近的箕面寺裡的和尚。剛才從上空傳來的搖櫓聲，是阿彌陀佛四十八大願，來接眾生前往極樂世界的筏子聲。今晚，我看到西邊天空瑞雲靄靄，知道這筏子於今晚將從西方淨土前來，心想，或許是來接我的，因此就這樣在松樹上等著。剛才你也聽到了，原來不是今晚，但是，聽說明年的這個晚上會再度來接我，我感激得情不自禁在松樹上合起雙手。」
和尚對炭麻呂如此說明，之後對著上空合掌。

三

「我因爲太感動了，所以哭了起來。」

炭麻呂對道滿說。

「我啊，根本不相信佛教。就算我相信了，對我也沒有任何幫助。我是個以殘殺野獸、吞噬野獸的肉、剝下野獸的毛皮爲生的男人。就算在這個世界或在另一個世界，眞有佛陀存在，那又怎樣呢？根本不能改變任何事情。我不殺生的話，就活不下去。不要說可以轉世到極樂淨土，就連來世能不能投胎爲人都是個問題。我一直認爲，反正我將來一定會下地獄……」

「唔……」道滿點頭。

「可是，沒想到眞的有，眞的有極樂淨土，也有佛祖。這樣一想，我眞的非常非常高興。因爲，說不定像我這樣的人，就算是萬分之一也好，或許也有極樂往生的機會。雖然不可能，但是我在短暫的瞬間懷有這樣的想法，對我來說是一種幸福……」

正是這種幸福感令炭麻呂高興得哭了起來。

「而且，祥雲大人對我說了。」炭麻呂說。

「說什麼？」

「我問祥雲大人，像我這樣的人，有資格乘坐那艘筏子嗎……祥雲大人這樣回答我……」

炭麻呂像是在模仿祥雲當時說話的語調，以莊嚴的聲音說：

「你聽好。阿彌陀如來這位佛，原本就是位不管怎樣也要拯救衆生的佛。到時候，祂絕對不會考慮誰可以救，誰不可以救的問題，衆生一律平等。無論你是好人還是壞人，或者當事人說不願意，祂也要硬救出來。阿彌陀如來正是這樣的一位佛。」

「哎呀，原來如此。」

道滿臉上浮出一種平日少見的尷尬表情，微笑道。

「祥雲大人離去前確實這樣說了，總不可能是天狗或妖物在騙我吧。」

「其實，天狗或妖物有時候比佛陀更好應付。」

「你怎麼說這種奇怪的話？」

「因爲大家都知道天狗和怪物經常欺騙人類，做些壞事。但是佛陀就有點……」

「有點什麼？」

「算了，我不打算說佛陀的壞話。」

「既然這樣，我想，老人家你也不年輕了吧，應該偶爾會考慮到極樂往生之類的問題吧？」

「不，不，比起極樂或佛陀，對我來說，地獄的獄卒比較親近。與其去極樂，不如去地獄，和牛頭馬頭兩位大王一起喝酒，比較適合我……」

「也對，每個人都不一樣。」

炭麻呂站起身。

「老人家，我已經決定不再殺生了。這瓶酒也不喝了，如果你不嫌棄這是我喝剩的酒，我就送給你，你覺得怎樣？」

「給我吧。」道滿說：「可是，既然你請我喝酒，我總得給你謝禮。你有什麼願望嗎？」

「沒有……」

炭麻呂說了這句，隨即又收回下巴地點頭。

「不，說有，倒是有……」

「什麼願望？」

「老人家，我記得你剛才好像說，你和地獄的獄卒比較親近……」

「說了。不過，對方若看到我，可能會逃之夭夭。」

「你這話說得太誇張了，眞是個有意思的老人。」

「快說出你的願望。」

「總之，就算我戒了酒，就算我往後不再殺生，我將來早晚都會下地獄吧。雖然我不知道到時候會遭鞭打，或像我對野生動物做的那樣，被剝皮，被掏出腸子吃掉，但能不能請老人家轉告地獄的獄卒，求他們多少手下留情一點……」

「那絕對沒問題。」

「噢，那我就放心了。」

「我一定會代你轉告。」

「我不會指望你，不過，聽你這樣說，我的心情多少輕鬆些了。」

炭麻呂笑著背轉過身。

道滿獨自一人端坐在松樹根部苦笑。之後，在月光中，對著自己的影子自斟自酌起來。

四

第二年的八月十五日夜晚——

道滿踩著滿月映照出的自己的影子，走在通往箕面松樹方向的路上。

說是剛好人在這附近，不如說去年同一個晚上發生的那件事，一直掛在他心上，於是自然而然就朝攝津國方向走，這才是真心話。

跟去年一樣，他撥開青草，在小徑前行。

秋蟲在四周的草叢中鳴叫，也和去年一樣。

走著走著，果然望見那株箕面松樹。

道滿站在松樹根部，沒有看到任何人影。

沒有人這件事，令道滿同時體味了兩種心情，一是格外鬆了一口氣，另一是感到遺憾。

突然——

聲音自頭頂降下。

似乎有兩個男人在松樹上爭吵。

「怎麼回事，你來做什麼？你不是去年我在這兒遇見的那個男人嗎？」

第一個聲音如此說。

「拜託您了，讓我也一起去吧，祥雲大人。」

第二個聲音，道滿有記憶。

是炭麻呂的聲音。

與炭麻呂說話的人，多半是那個名爲祥雲的箕面寺的和尚。

「不，不行。正因爲是經過多年修行的我，佛才會答應前來帶我走。像你這種以殺生爲生的人，你以爲你有資格搭乘那艘筏子嗎……」

「上人，您在去年不是說過了，彌陀本來就是拯救衆生的存在。祂的大願沒有區別人的身分。就算當事人說不願意，祂也會強硬拯救……」

「那只是一種方便手段。」

「事到如今，您這樣說也太晚了。拜託，拜託……」

「今天晚上有資格搭乘那艘筏子的人，只限一人。連我在去年都沒搭上，足足等了一年。」

「您不要這樣說，拜託，拜託……」

「不行！」

聲音響起。

「哎呀！」

隨後又響起叫聲，有人從松樹上砰的一聲掉了下來，落在道滿腳邊。

仔細一看，道滿沒忘記那張臉，果然正是去年在這裡請道滿喝酒的炭麻呂。

他右手握住一根折斷的松樹樹枝。

道滿抱住炭麻呂，扶他坐起。

「噢，你不是去年那個老人家嗎……」炭麻呂口中淌出鮮血，奄奄一息地說。「怎麼了？發生了什麼事？」

「哎，我怎麼也忘不了去年發生的事。實在汗顏，我來這裡的目的，原本是來給祥雲大人送行，實在很汗顏，結果忘不了去年祥雲大人說的話，明明知道自己是個會下地獄的人，卻妄想或許可以搭上那艘筏子，於是自己也爬上松樹，想試著求求佛祖，結果就如你所見的這個樣子……」

「怎麼會……」

「我說啊，老人家，去年那瓶酒的味道好不好……」

「好，太好了。」

「早知道會落得這種下場，我應該喝掉那瓶酒……」

炭麻呂似乎想要笑，但只是歪了歪嘴角。

「老人家，你還記得去年我們在這裡說好的約定嗎……」

「當然記得。」

「太好了。就算是謊言，我也稍微放心了……」

炭麻呂在道滿的胳膊中，脖子咕嘟一聲歪倒。

炭麻呂死了。

此時——

上空傳來奇妙的樂聲。

接著，傳來吱啞、吱啞的搖櫓聲。

但是，即使抬頭看，也只能望見在天空發亮的滿月和星辰，看不到其他任何東西。

搖櫓聲在松樹上停止。

不久，從上面傳來聲音。

「什麼？您說什麼？您說我沒有資格搭乘筏子嗎……」

眼看就快要哭出來，顫抖的聲音。

接著，傳來既非男人也非女人的中性聲音。

「你剛剛犯了殺生戒。因此，你沒有資格搭乘這艘筏子……」

「怎麼可能？我確實和炭麻呂爭吵了，但我沒有推他下去。我有碰到

他的身體，可是炭麻呂是因爲抓住的樹枝折斷了，才掉下去……」

「雖然很遺憾，但是，你不能搭乘這艘筏子。」

「那麼，什麼時候才可以搭乘？明年嗎？明年的這個月的這個晚上，我仍然在這裡等待就行了嗎？」

「不是告訴你了，你不能搭乘嗎……」

之後，那聲音不再響起。

取而代之的是，吱啞的搖櫓聲。

吱啞。

吱啞。

搖櫓聲漸漸遠去。

「請稍等……」

「請稍等……」

「拜託……」

夾雜在這些喊叫聲中，樂聲再度響起。

樂聲和搖櫓聲漸漸變小。

天空只剩下亮麗的滿月——

「嗚呼……」

道滿聽到了這樣的聲音。

安靜了一會兒之後，松樹上再度傳出祥雲的聲音。

「完了，一切都完了……」

頭頂上的松樹樹枝發出啪嗒一聲。

接著，有人砰的一聲從松樹上掉了下來。

是祥雲。

祥雲頭朝下地掉了下來，仔細觀看，可以發現他折斷了脖子，就那樣睜著雙眼，望著上空中的月亮，死了。

道滿凝視著屍體一會兒，再抬頭仰望上空。

滿月明亮地閃閃發光。

搖櫓聲和樂聲早就不再響起，四周只有秋蟲的鳴叫聲。

「沒辦法，因爲是佛祖做的事……」

道滿低聲喃喃自語，表情看似在生氣，又看似在哭泣。

道滿在原地留下兩具屍體，背對著松樹，邁開腳步。

不用說也知道，道滿遵守了與炭麻呂的約定。

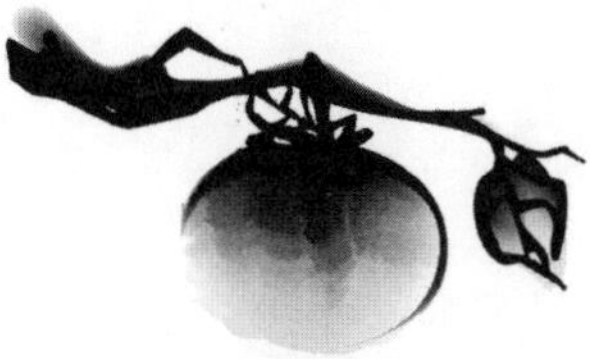

度南國往返

一

秋天已經結束了。

話雖如此，並不表示冬天已經來臨。

在秋天和冬天之間，有那種僅存在著三天或四天的透明日子。大氣中含有等分的枯葉以及還未出生的白雪氣味，似乎在靜謐地呼吸著天空。

殘留在櫻樹枝頭的葉子，稀疏得可以用手指計數。

剩下的那幾片葉子，在陽光下閃閃發光。

晴明和博雅坐在窄廊上，正在閒散地喝著酒。

此處是位於土御門大路的晴明宅邸——

即將枯萎的草叢中，已經聽不見蟲子鳴叫聲。

龍膽和黃花龍芽乾枯了之後，便埋沒在四周的枯草風景中，遠遠望去，已經很難辨別得出兩者的差異。

在屋簷下仰望天空，只見一片藍色。

那是光望著，就會令人感到悲傷的藍。

「我說啊，晴明……」

博雅端著盛著酒的酒杯送至嘴邊，途中停止動作，低聲道。

望著院子的晴明，用紅脣含了一口端至嘴邊的杯子裡的酒，再轉頭望向博雅。「怎麼了？博雅。」

「你不覺得嗎？」博雅說。

「覺得什麼？」

「就是眺望著這樣的風景時，你心裡不覺得有什麼感觸嗎……」

「我不是在問你覺得什麼嗎？」

「自己的年齡。」

「年齡？」

「夏天綻放，秋天結果，曾經那麼生氣蓬勃的東西，現在卻枯萎成這個樣子，在溫和的陽光下，靜靜地等著冬天來臨……」

「嗯。」

「每年看到這樣的風景，我總是會深深感覺到，原來我又老了一歲……」

博雅將停在途中的酒杯送至嘴邊，一飲而盡。

「年復一年，這種感覺愈來愈強烈，然後情不自禁就會心有所感觸，晴明啊……」

「是嗎？」

「所以說晴明，我剛才就是在問你有沒有這種感覺？」

「也並非全然沒有……」

「什麼啊晴明，你不用裝模作樣，你就坦率說你也有這種感覺不就好了……」

「當然有，若你只是問我有沒有這種感覺的話……」

「仍在裝模作樣。」

「不，不是在裝模作樣。年齡老了一歲確實是事實，但對我來說，老了一歲反倒令我感到格外平靜……」

「平靜？」

「嗯。」

「什麼意思？」

「當我領悟到原來自己和那些景色一樣，都是大自然的一部分這道理後，我會感到某種莫名的心安，博雅。」

「是這樣啊……」

「嗯。」

「趁你還未提起那個複雜的咒的話題時，我先告訴你一件事……」

「什麼事？」

「其實我也覺得，每年增加一歲……怎麼說呢，就是年齡降在這個身體，然後逐漸積多，說眞的，我不是那麼討厭……」

「是嗎？」

「晴明，我是這樣想的，那是因爲，這世上有你這個人的存在，而且像此刻這樣，我可以擁有和你在一起喝酒的機會，正因爲如此，所以我才不是那麼討厭……」

「晴明，你該不會是……」

聽博雅這麼說，晴明垂下眼，再將視線移至庭院。

「嗯？」

「你該不會是因爲害臊，才避開視線的吧……」

「不是因爲害臊……」

「那麼是因爲什麼？」

「我只是在想，你眞是個好漢子，博雅。」

「既然如此，你爲什麼要避開視線？不就因爲害臊嗎……」
「是嗎……」
「什麼是嗎不是嗎，晴明，眞想不到你竟然也有青澀的一面。」
「青澀？」
「我是說，你也有可愛的一面。」
「喂，博雅啊……」
晴明還未說完，博雅便搶先開口道：
「對了，晴明，雖然不是因爲提到年齡，我才順便提起，不過我聽說了。」
晴明不知道該不該接著說出剛才被打斷的話，猶豫了一下，但似乎又覺得，既然話題被轉開了，那也值得慶幸，於是問：
「你聽說了什麼？」
「膳廣國大人於五天前去世了。」博雅說。
「嗯。」晴明點頭。
膳廣國——曾任職豐前國[13]宮子郡少領[14]，三年前，因妻子過世，他打算遠離俗世，落髮爲沙門，遂來到京城。

13 福岡縣東部及大分縣北部。
14 郡司次長。

他計劃若要出家，最好是京城的寺院，所以來到京城。不過他本來是武士身分，擅長射箭。

例如在地面豎起去掉節子的竹筒，讓他在距離二町[15]遠之處，朝天空射出箭，那支箭可以落在竹筒裡。

藤原兼家聽聞此傳聞後，看中了他的武功，請他負責兼家宅邸的警備，聽說最近剛在四條大路蓋了一幢宅邸，不僅射箭，言行氣勢都具有京城人的派頭。

這樣的人，竟然在五天前猝然死去。

據說他在自家宅邸庭院走路時，突然倒下，家人趕過去時，他已經斷了氣。

「聽說年方四十六……」

不知是走路時死去才倒下，還是倒下時，猛力撞到頭部而導致死亡，這點無人知曉。

「三天前舉行了他的葬禮……地點是在四條大路自家宅邸吧。」

「嗯。」

「晴明啊，你是不是也出席了他的葬禮……」

15「一町」相當於三百六十尺，即一〇九．〇九公尺。

「出席了，那又怎麼了？」
「有人告訴我，晴明，你在葬禮那天，召集了廣國大人的家人，好像對他們耳語了些什麼話……」
「原來是那件事？」
「結果，聽說直至昨天爲止的四天期間，葬禮當事人的廣國大人遺體，不但沒有被安葬，還一直躺在宅邸內的房間。」
「嗯。」
「有關這件事，晴明，你應該心裡有數。」
「心裡有數？」
「昨天，梶原重恒大人有事前往廣國大人宅邸，他聽說廣國大人的遺體仍躺在家中，便問家人理由，結果家人說，葬禮那天，安倍晴明向他們耳語，吩咐他們不要下葬，就那樣讓遺體躺在家中，是這樣嗎……」
「原來是那件事？」
「是啊。聽說你對他們說，爲了以防萬一，葬儀後五天內，不能火葬，不能埋葬，就那樣讓遺體躺著……」
「正是如此。」

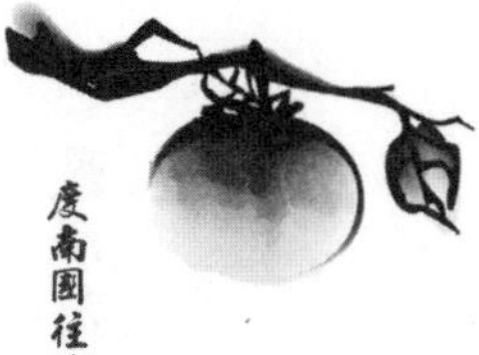

「我就是想問你這件事。晴明啊，你到底爲了什麼理由竟吩咐他們讓廣國大人那樣躺著……」

「我是因爲兼家大人的緣故，才去參加那場葬禮……」

晴明說到此，庭院傳來人的動靜。

轉頭望去，原來是蜜蟲，身後跟著一名身穿水干的年輕男子。

「客人來了。」蜜蟲說。

年輕男子望著晴明和博雅，行了個禮。

「小人是膳廣國大人的侍從，名叫俵光古。」年輕男子抬起臉後如此說。

「來此有何貴幹？」晴明問。

「小人家主人要小人轉告您，請您務必光臨一趟。」俵光古說。

「你家主人是……」

「是膳廣國大人。」

光古不知是不是基於興奮，臉頰微微泛紅地說。

「噢，那是說……」

「小人家主人廣國，就在剛才，甦醒過來了。」

「你說什麼？」

發出喊聲的人是博雅。

二

廣國甦醒後，大聲問：

「這裡是哪裡……」

家人聽到聲音，察覺有異，慌慌張張趕到讓廣國躺著的房間。

廣國看到家人，霍地撐起上半身。

「你們怎麼了？」他環視著眾人問道。

記憶中，他應該正在庭院行走。

回過神來時，他發現自己躺在床上，撐起身子後，又發現眾人圍攏在四周盯著他。

廣國會認爲出了什麼大事也是不無道理。

「廣國大人，迄今爲止，您一直死了……」

聽家人如此說，廣國仍不明白意思。

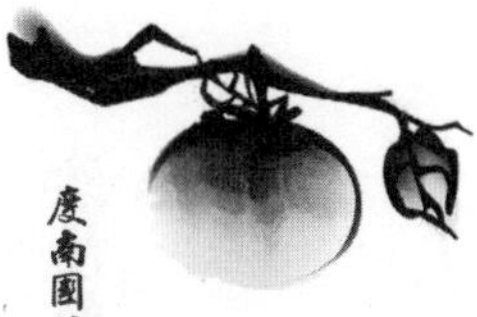

「死了？我，死了？」

「您在庭院突然倒下，沒有脈搏，也沒有呼吸，連身體也變得冰冷。」

聽到家人說，不但辦完了葬禮，連藤原兼家也出席了葬禮。

「那我爲什麼還沒有被下葬，竟這樣躺在這裡呢？」廣國提出理所當然的疑問。

「這一切都是安倍晴明大人吩咐的……」俵光古說。

「什麼？晴明大人他……」

廣國喃喃自語後，發現自己的肚子上蓋著一幅卷軸，伸手取起。

「這是……」

「這是晴明大人囑咐我們蓋在您身上的……」

「用這個？」

陷於沉思的廣國的眼神，像是明白了某件事似地變了表情。

「聽你這麼說，我想起一件事。」廣國說。

「我本來以爲是在做夢……」

「做夢？」光古問。

但廣國沒有回答光古的問題，只是說：
「快去請晴明大人過來……」

三

「既然主人吩咐務必請晴明大人過來一趟，小人便顧不得一切，如此火速地趕來。」
光古對著晴明和博雅說。
「打擾了兩位大人休息的時刻，實在很抱歉，但倘若大人能親自光臨一趟，小人將感激不盡……」
光古恭敬地行了個禮。
「事情就是這樣，博雅大人……」晴明望向博雅。
當周圍有第三者在場時，晴明對博雅說話的語調會改爲敬辭。
「什麼事情就是這樣？」博雅問。
「剛才您不是問我，到底爲了什麼理由竟然吩咐他們讓廣國大人那樣躺著……」

「嗯。」

「假如您想知道理由，我們不妨一起動身，您意下如何？」

「一起動身是……」

「我打算現在就動身前往廣國大人宅邸，所以我的意思是，您願不願意跟我一起走……」

「噢、噢……」

「那麼，您願意一起走嗎……」

「走。」

「走吧。」

事情就這麼決定了。

四

事情是這樣的。

廣國在自家庭院行走時，突然眼前一黑，回過神來時，發現自己站在陌生外地的一株松樹根部旁。

廣國面前站著兩個男人。

其中之一是個把頭髮扎在頭頂，有一張紅色臉龐的男人，一雙大眼閃閃發亮，刺目得很。

另一個是把頭髮束起，有一張青色臉龐的男人，眼睛很細。

「你醒來了嗎？廣國大人……」紅臉男人說。

「你已經不能逃脫了。」青臉男人說。

「爲、爲什麼我會在這裡？我……對了，我不是在自家庭院行走嗎？然後，四周突然暗下來，等我清醒時，已經在這裡……」

「廣國大人，你已經死了。」紅臉男人說。

「死了？」

「是的，你已經死了。」青臉男人說。

「我一點也沒有死去的感覺……」

「你確實死了。所以我們才來接你過去啊。」

紅臉男人如此說，青臉男人伸手抓住廣國的右手。

「快，快，我們該走了。」

青臉男人邁開腳步。

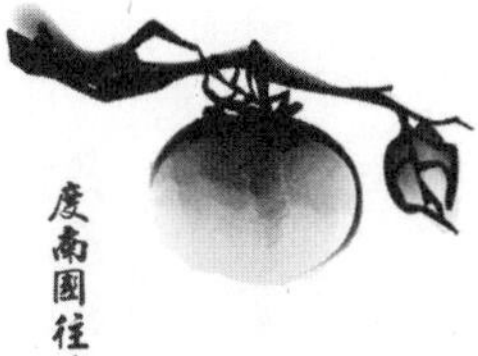

由於對方拉扯的力道太強勁，廣國不得不跟著他走。

三人往前行走。

通過兩所驛站後，前方出現一條大河。

那條河上有一座橋。

是座用黃金塗飾的木橋。

過了那座橋，出現一個守橋男人。

「噢，你們不是紅臉、青臉嗎？」守橋男人開口搭話。

「王命令我們抓這個男人過來，我們正要帶他過去。」紅臉男人說。

「好，過吧。」守橋男人道。

越過那座橋，再繼續往前走，便來到一個看似很歡樂的國度。

路上的行人個個表情和藹可親，風度很好。連四處遊蕩的貓狗，體毛都光亮潤澤，非常乾淨。

「這是什麼地方？」廣國問。

「是度南國。」紅臉男人說。

「這裡，不是活人可以前來的國度。這裡是只有死人才可以來的國度……」青臉男人說。

再繼續前行，眼前出現一座金色宮殿。

大門也是黃金製成，門前有八名守衛官員。每一名守衛都是腰上佩劍的勇士。

兩人向八名守衛點頭打招呼，八名守衛也點頭回禮，其中一名開口說：

「等得望眼欲穿了。」

穿過那扇門，走進金殿，裡面有一把黃金寶座，上面端坐著一個表情威嚴的老人。

「這是我們度南國之王。」紅臉男人對廣國說。

「我們帶來了膳廣國。」青臉男人對坐在寶座的王說。

「此刻，你之所以被帶來這裡，是因爲你妻子的要求。」老王開口道，接著說：「帶廣國的妻子上來。」

紅臉男人消失於裡屋，不久即帶著一個女人出來。

廣國望過去，對方果然是三年前去世的妻子。

可怕的是，她的頭頂被釘入一根巨大鐵釘，鐵釘尖端穿過前額突出在外。鐵釘尖端突出處一旁，又被釘入另一根鐵釘，那根鐵釘往上被釘入，

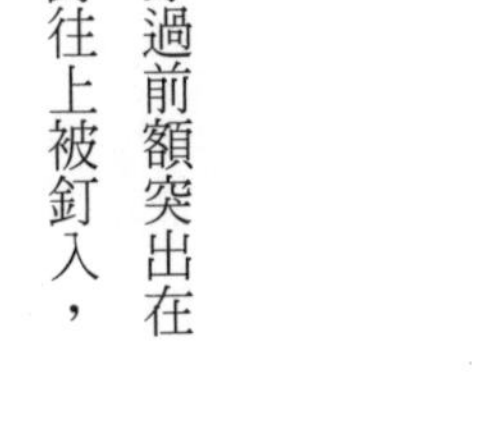

尖端穿過頭頂突出在外。

一般說來，這樣被釘入鐵釘應該會死，但妻子早已是死人，可能正因爲是死人，因而即便被如此釘入鐵釘，也能活著吧。

「啊，痛啊……」

「啊，痛啊……」

妻子一面低聲呻吟，一面以飽含怨恨的眼神望著廣國。

「她確實是你的妻子嗎？」王問。

「是，確實是……」

「根據你妻子的說詞，你對這個曾經是你妻子的女人做了殘忍的事，你有記憶嗎？」

「沒有。」廣國答。

「那麼，讓我們問這個女人。喂，廣國的妻子，妳丈夫到底對妳做了什麼殘忍的事？」王問。

「這個人在我死了的時候，沒有流一滴眼淚，葬禮結束後，也是馬上命人將我的遺體移到屋外埋葬了。之後，每年只來掃墓一次。唸經時，也是湊合著唸一兩遍而已，我活著的時候，這個人從未好言好語對待過我。」廣國的妻子答。

「這些小事都還不至於到殘忍的地步。比起這個，妳的頭上被釘入兩根鐵釘，這是爲什麼啊？」王問。

「一根是因爲她明明有丈夫，卻和好幾個男人私通，家裡的事一切不管，完全無視丈夫的存在。」紅臉男人答。

「另一根是因爲她和私通男人共謀，打算毒殺廣國，企圖奪取廣國的所有家財。」青臉男人說。

「那她是因爲什麼理由而死去呢？」王問。

「她爲了謀害廣國，蓄意讓廣國吃毒飯，卻自己不小心吃了那頓飯……」

「最終導致死亡。」

紅臉男人和青臉男人依次說明。

「搞了半天，原來是她顛倒是非，反過來誣陷……」

接著，王對廣國說：「判你無罪。」

「喂，女人，妳害我險些奪走一條無辜人的性命。我決定讓妳多釘入一根鐵釘，當作處罰。喂，紅臉，青臉，你們快去準備……」

「是。」

「是。」

兩人行了個禮。

有一張紅色臉龐，名爲紅臉的男人，再度消失於裡屋，不久又出來。

他手裡拿著鐵釘和鐵槌。

「釘吧。」王說。

紅臉將鐵釘尖固定在被有一張青色臉龐、名爲青臉的男人按住的女人頭頂上方。「啊，不要。」

「拜託你們，不要。」

女人哀求。

紅臉舉起握著鐵槌的右手。

「畜牲！」女人叫喊。

同時，鐵槌被揮下。

咚噹！

鐵槌發出聲音。

嗤！

鐵釘潛入。
咚噹！
嗤！
咚噹！
嗤！
「痛呀！」
「痛呀！」
儘管女人不停叫喊，鐵釘仍穿過女人的舌頭，尖端突出在下巴下方。
「好，把女人帶走吧……」王說。
青臉拉著女人，消失在裡屋。
廣國看得目瞪口呆，驚嚇得渾身不住顫抖。
「你不用怕。因爲你沒有罪，所以我會放你回去。」
年老的王，出乎意外地一臉溫和地說。
「對了，你應該有一個在十年前去世的父親吧。」
「是的。」
「你想見他嗎？」

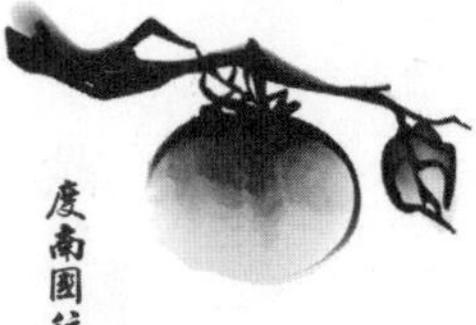

「我們可以見面嗎？」

「可以。因爲我虧待了你，所以就讓你們見一面吧。但是你要注意，不要逗留得太久。這裡的一刻、兩刻，相當於你原來待著的那個地方的一天、兩天，在你和你父親見面其間，萬一你在那邊的身體被燒了，你就會回不去。另有一點，你來這裡時過的那座橋，應該有個守橋人，再過一會兒，便是守橋人交替輪班的時刻。更換了守橋人之後，如果那個新守橋人在你來這裡時沒看到你過橋時的面孔，他可能會不讓你過橋。到時候，事情會變得很麻煩，你打算如何？」

「我想見我父親一面。」廣國說。

「那麼，紅臉，你帶廣國大人去見他父親吧。」老人說。

「遵命。」

紅臉行了個禮，接著伸出左手握住廣國的右手。

「跟我來。」

紅臉拉著廣國邁開腳步。

走出大門，再往南方前進。

不久，前方可以望見一扇銅製大門。

大門前站著八名佩劍士兵。

「新來的嗎？」士兵之一開口問。

「不是，這個男人的父親在這裡，王准許他來見他父親一面。」紅臉男人說。「那就通過吧。」

兩人順利地通過大門。

裡面有一座銅製宮殿。

紅臉朝宮殿大喊：「膳廣次在嗎？」

「我在……」

從裡面出來的，是一個頭部、臉部以及全身被釘入三十七根鐵釘，骨瘦如柴的男人。

他正是廣國的父親廣次。

「父親大人……」廣國奔過去。

「噢，是廣國嗎……」父親廣次驚訝地問。

廣次說這話時，露出口中那自頭部和臉頰釘入的鐵釘。

說話時，牙齒咬著鐵釘，發出咯噠咯噠聲。而且因爲鐵釘阻礙了舌頭的轉動，話語本身也含糊不清。

儘管如此，還是勉強可以聽出他在說什麼。

「您怎麼淪落成這個樣子……」廣國欷欷落淚。

「你應該也知道，我還活在人世那時，爲了撫養妻子和孩子，做了不少殺生的事，不但剝了牠們的皮，也吃了牠們的肉。或者，借給人八兩棉花，之後再強制加倍爲十兩地催帳，有時只借出幾斤物品，收帳時卻要對方繳交幾十斤物品。搶奪別人家東西，侵犯別人家女人，不孝養父母，不尊敬師長，或者，對不是賤民身分的人，硬說是賤民，並施加辱罵、毒打。因此，我死了後，便這樣被釘入三十七根鐵釘，還要每天被鐵棒擊打九百次……」

廣次邊哭邊如此說。

「我想找你幫我設法解決，某年七月七日夜晚，我化身爲一條巨蛇，潛入你家，但你沒認出是我，把我扔到外邊。另外在五月五日那天，我化身爲一條棕色狗，闖進你家，那時也被趕出門。不過，某年一月一日那天，我化身爲貓進入你家時，雖然你不知道那隻貓就是我，但你終於給了我米飯和各種美味吃食，讓化爲貓的我飽餐一頓。之後，我才得以以貓的身分活了三年。現在已經死了，所以又恢復爲人的身姿，在這裡接受懲罰。我希望你能拯救我現在所受的這種痛苦……」

「我應該怎麼做才好呢？」

「你回到塵世後，抄寫《觀音經》，再獻納給寺院，爲我舉行超度法會。這樣做的話，借助佛經的功德，我應該可以往生淨土。」

聽廣次如此說，廣國點頭答應：「我明白了。」

兩人走出銅門來到外邊後，廣國跟在紅臉背後，快步趕往進入這個度南國時通過的那座橋。

好不容易抵達那座橋時，守橋人已經換了人。

有個額頭長著兩根角的士兵站在橋腳下，不苟言笑地瞪著兩人。

廣國打算過橋。

「喂，這座橋不准任何人隨意出入。」

士兵將手搭在佩在腰上的劍柄如此說。

「我不是死人。我只是因故才來到這裡，我在塵世仍留有活人的肉體。」廣國拚命地說。

「不行，不行。首要的是，我沒看到你過橋。」有兩根角的士兵頑固地說。

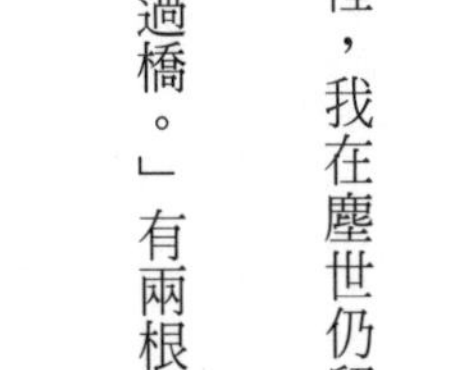

「你別這樣說。這件事，王也准許的……」紅臉說。

「不行就是不行。在這座橋以內所發生的事，必須遵循王的吩咐，但是，唯獨這座橋的出入，是我們守橋人的職責。」兩根角的士兵不聽。

廣國不知如何是好，這時，有人赤腳踩著橋上的木板，吧嗒吧嗒地從橋的另一方跑過來。

是一個穿著白色狩衣的童子。

童子在兩根角士兵面前停下腳步。

「讓這人過橋。」童子以成人語調說道。

「哎呀，哎呀……」

士兵誠惶誠恐地行了個禮。

「既然您這麼說，不讓他過橋也不行了。」

士兵說後，再望著廣國說：

「沒辦法。你快過吧。」

「好，我這就馬上過。」

廣國如此說後，上了橋往前走，就在他過完橋時——

五

「當我醒來時，我發現自己躺在家裡這個被窩上，晴明大人。」廣國在床上撐起上半身地說。

「原來如此……」晴明點頭。

「話說回來，最不可思議的是，那個在橋上救了我的童子。那童子，到底是怎麼回事呢？」

「是那個。」

晴明的手指指向廣國枕邊。

枕邊擱著一幅卷軸。

「這是我在幼年時抄寫的《觀音經》，後來製作成卷軸。」廣國拾起卷軸說。

「正是那幅卷軸化爲童子救了您吧。」

「什麼……」

發出喊聲的是博雅。

「可是，我聽說，是晴明大人對我家人耳語，讓他們把這幅卷軸蓋在

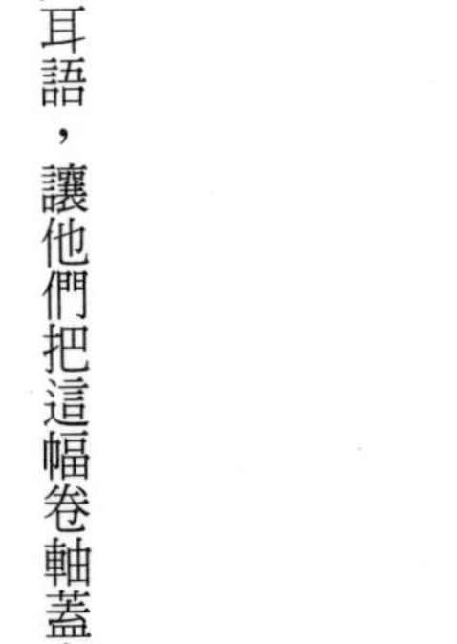

我身上……」

「沒錯，正是如此。」

「這到底是怎麼回事呢？我正是想問您這件事，才遣人去請您過來一趟。」

「我在出席廣國大人的葬禮時，發現廣國大人的臉色完全不像是死人的樣子。慎重起見，我觸摸了您的身體，又發現身體還很柔軟。那時，我就認爲您應該還沒死，只是靈魂離開了肉體，不知去了哪裡。於是，我向您家人說，暫且不要埋葬，先等等看。不過，我又想到，您在歸途時，或許會遭遇某些麻煩。倘若我能夠一直陪在您身邊，倒也無所謂，可是我也無法那樣做，因而在向您家人耳語時，順便問了有沒有廣國大人親手抄寫的經文之類的東西。結果，您家人說有一幅《觀音經》，我就吩咐他們把經文蓋在您身上。」晴明如此說。

「原來是這麼一回事。總之，這一切都多虧了晴明大人，我才能平安回來。在此向您致謝。」

廣國一次又一次地向晴明致謝，一次又一次地行禮。

六

「這世上眞的有一些不可思議的事啊，晴明。」

回到晴明宅邸之後，博雅如此說。

此時是夜晚——

兩人坐在窄廊上。

晴明背倚柱子，手中端著盛有酒的杯子，正在觀賞月光映照下的庭院。

四周僅有一盞燈火。

這時期的夜晚，寂靜的大氣會急劇冷卻下來，所以也擱著一盆火盆。

「沒想到經文會化爲童子，並且救了人……」

「嗯……」晴明點頭。

晴明十分明白，碰到這種時候，最好不要多說什麼，就讓博雅隨心所欲地暢談。

對晴明來說，博雅說話的聲音，宛如樂音，聽起來舒服至極。

「廣國大人也眞是了不起。聽說，他不但給父親抄寫了《觀音經》，

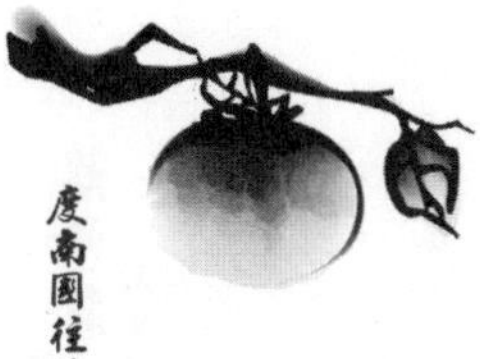

也給妻子抄寫了一份，獻納給寺院……」
夜，在博雅的話語迴響中，益發加深。
「噢……」博雅發出叫聲。
博雅的視線望向庭院。
原來是今年冬天第一場雪的雪花，正翩然降落在庭院。
雪，通宵下著，晴明和博雅於第二天早晨醒來時，整個庭院都被白雪覆蓋了。

荊棘眼的中納言

一

雪，無聲無息地下著。

是春天的雪。

安倍晴明宅邸庭院盛開的那株白梅花瓣上，也積著雪。

之前連續幾天的暖和日子，令梅花花苞綻開，零零星星開起白色的花，到了夜晚，更可以聞得出融化於夜氣中的梅香。

沒想到，今天早上又突然變冷，中午時，竟下起雪來。

待人們注意到時，地面已經薄薄地蒙上一層雪。

「這眞是不可思議呀，晴明……」

開口如此說的，是源博雅。

「博雅，什麼事不可思議？」

晴明頓住正要送至嘴邊的酒杯，問道。

「喔，我是說，這場雪。」博雅說。

此處是晴明宅邸的窄廊上。

兩人身旁各自擱著火盆。兩人腳上都扎著襪帶。

由於幾乎沒有風，冷確實冷，不過，在屋簷下，雪花也颳不進來。

庭院的樹木、草叢，都蒙上一層柔軟的白雪，反倒給人一種從中散發出近似溫暖的感覺。

如果考慮到白雪的那層白所罩住的內側，其實正在孕育著春天，那麼，此刻的寒冷，也就會令人萌生一股愛憐之情。

「雪怎麼了？」晴明問。

博雅喝下一口酒後，擱下杯子，開口說：

「在這個大地，不但有石頭，也有樹木，還有倒下的草叢，以及枯葉，鴨川河灘更四處可見躺著的屍體……」

「嗯。」

「不管是骯髒的，或不骯髒的，雪都在其上堆積覆蓋，將一切隱藏起來。無論積雪下有什麼東西，只要被雪蓋住，便會形成放眼望去僅是一片乾淨雪白的景色……」

「嗯。」

「我感到不可思議的，正是這點，晴明……」

博雅從晴明身上移開視線，望向庭院。

「人心也是，堆積著名爲歲月的一層白雪，不管是悲哀，或是怨恨，或是其他任何什麼，是不是都會被那層乾淨的白色之物所裹住呢？如果是那樣，我說晴明啊……」

「怎麼了？」

「我想，讓年齡在這個肉體逐漸重疊，或許並非是很壞的一件事，晴明……」

「是嗎？」

晴明將頓在途中的酒杯送至嘴邊，含了一口酒。

「博雅啊……」

「什麼事？」

「其實，你就是白雪。」

「我，白雪？」

「我的意思是，就你剛才所說的意義來說，對我來說，你就宛如那層白雪。」

「……」

「名爲源博雅的樂音，如白雪那般，自天而降，將這大地乾乾淨淨地

裹住……」

晴明望著博雅，露出微笑。

「喂，晴明。」

「怎麼了？」

「你是不是又在戲弄我？」

「我沒有在戲弄你。」

「晴明啊，你是不是不習慣稱讚別人？」

「什麼意思？」

「稱讚別人時，應該說得更難懂一點，更間接一點才對。」

「爲什麼？」

「因爲……」

博雅將視線移至一旁。

「被稱讚的那個人會感到不好意思。」

「博雅啊，你感到不好意思了嗎……」晴明笑道。

「不知道……」博雅嘟囔著。

「對了，博雅，是不是快到了應該前往中納言柏木季正大人宅邸的時刻呢……」晴明轉移話題。

「噢，是啊，應該快到那個時刻了……」博雅點頭。

「那麼，我們是不是該準備動身了？」博雅說。

「準備動身吧。」

如此，晴明和博雅起身準備啓程。

二

兩天前，柏木季正造訪了晴明宅邸。

「有件事令我進退兩難，想和大人商量一下。」

前來的季正如此說。

事情是這樣的。

大約在六年前的夏天——

季正的右眼痛了起來。

本來以爲一兩天便會好起來，不料，過了三天仍毫無起色。四天、五天過去，不但沒有好轉，反倒越來越痛。

只要聽說某處的泉水對眼疾有效，便去某處汲水，用來洗眼，卻也沒效。拜託典藥寮的熟人幫忙開了一劑止痛藥，喝了也沒醫好。

過了大約十天，季正的眼睛痛得無以入眠。

那時，據說季正遇見了四德法師這個人。

四德法師——是播磨[16]的法師陰陽師。

他是周遊諸國的法師，當時，湊巧來到京城，正在四處醫治病人。

據說是季正的家僕聽聞風聲，特地請四德法師前來宅邸。

四德法師將手貼在季正頭上，好像說了什麼咒語，又做了這般那般，最後說：

「我找到了病因，我先去個地方。」

四德法師在當天出門，次日返回。

四德法師回來時，季正的眼睛已經不痛了。

季正向四德法師說了眼睛已經痊癒一事。

「應該會痊癒的。」四德法師點頭說。

「這是四德大人醫好的嗎？」季正問。

「不，不是我醫好的。讓您痊癒的，是我經常膜拜的孔雀明王。」四

16 播磨國：兵庫縣西南部。

德如此說。

「孔雀明王？」

「是。昨晚，我正是出門前去向孔雀明王祈禱，求祂設法治癒季正大人的眼疾。」

「前去祈禱？」

「是。」

「去哪裡？」

「我不能說出在哪裡。我是個周遊各地的法師，無法隨身帶著孔雀明王像，因而將其祭祀在西京某個地方，至於那個地方是哪裡，請恕我無可奉告。」四德法師說。

對季正來說，只要眼睛不再疼痛就好，至於四德祈禱的那座孔雀明王像，到底被供奉在哪裡，其實都無所謂。

「當然不介意，當然不介意……」

季正如此說後，贈予了許多禮品給四德。

翌年秋天，季正感覺整個胸口既疼痛又沉悶。

胸口沉悶得很，無法像平日那般自在呼吸，也會疼痛。

除了吃藥，季正還做了各種醫治方法，卻怎麼也醫不好。

某天，季正突然想起去年的事，便遣人去找四德法師，剛好四德法師人在京城。

季正立刻請他前來宅邸。

「那麼，我再向孔雀明王祈禱看看。」

四德如此說，告辭離去。不可思議的是，當天晚上，季正胸口的疼痛和沉悶症狀，竟然都消失了。

四德法師於次日前來，季正給了許多禮品讓他帶回去。

翌年春天，肩膀疼痛起來；該年秋天，雙腳疼痛起來，但只要向四德法師求助，疼痛就會完全平息。

然而——

最初是一年發病一兩次，之後，間隔漸漸變短，變成一年發病三次、一年發病五次，最近是一個月一次全身各處都在發痛。

每次發病時，季正都會請四德法師前來醫治。

近年來，四德法師也不再周遊諸國，他在西京某荒廢寺院住了下來。

因爲季正於兩年前拜託他留在京城。

可是，這樣接二連三發病，到底是怎麼回事？

即使請四德法師進行占卜，也始終占卜不出發病原因。

季正左思右想，終於在兩天前，透過熟人源博雅的介紹，前來拜訪晴明。

如此，晴明接受了這樁諮詢。

三

「這麼說來，四德法師大人已經回去了嗎？」

晴明在柏木季正宅邸如此發問。

接受詢問的正是季正本人。

「是。」季正點頭。

「那麼，您怎麼對四德法師大人說的？」博雅問。

「我對他說，頭部後面會痛……」

「四德法師大人怎麼回答您呢？」

「他說，他回去之後會向孔雀明王神明祈禱，請祂除去我的頭疼症狀……」

「說完就回去了嗎？」問話的是晴明。

「是的，就在剛才……」

「看來我們來得正是恰好時機。如果我在場，四德法師大人可能會謝絕吧……」

「是，是。」

「方才我們前來拜訪時，看到雪地上留著從宅邸大門出來，往西京方向走去的足跡。那個足跡，應該正是四德法師大人的足跡吧。」

「是，是……」

「那麼，在足跡還未消失之前，我們也出發吧。」晴明對博雅說。

「晴明，我們要去哪裡？」博雅問。

「去四德法師大人去的地方。」

「在這種下雪的日子去嗎……」

「是的。」

「唔，唔……」

「您想留在這裡嗎？」

「我沒那麼說。」

「那麼，要一起走嗎？」

「唔，嗯。」

「走吧。」

「走。」

事情就這麼決定了。

四

咕嘟。

咕嘟。

牛車踩著積雪底下的泥土前行。

在這無聲無息自天而降的飄雪中，負責拉曳牛車的是個十歲左右的牧童。

晴明和博雅坐在同一輛牛車內。

「不會出問題嗎……」博雅說：「不會看丟了足跡吧，晴明啊……」

「你放心。螻蛄男是個相當聰明的孩子。」晴明說。

螻蛄男是露子小姐的玩伴，晴明有時會拜託他做各式各樣的工作。這次也是。

「不過，話說回來，晴明啊……」博雅說：「你爲什麼讓季正大人說出他頭痛這類謊言呢？」

「去了就會明白。」晴明簡短回答。

說著說著，牛車咕隆一聲，停止前行。

「好像到了。」

晴明掀開簾子露出臉孔，眼前站著螻蛄男。

此處是西京——

不遠處有座荒廢小寺院。

「足跡穿過了那座荒廢寺院的門。」螻蛄男說。

「那麼，我們去向四德法師大人打個招呼吧。」

晴明和博雅下車。

「螻蛄男，你在這裡稍等一下吧。」

「明白了，晴明大人。」螻蛄男收回下巴地用力點頭。

「博雅，你不要出聲。穿過那扇門之後，也不能出聲。」

「明白了。」

「這場雪，應該會消去我們的動靜。」

晴明如此說，接著沙沙地踩著積雪，穿過即將倒塌的荒廢寺院的門。

雪地中，出現一座小正殿。

裡面傳出低微的誦經聲。

Namo buddhaya namo dharmaya nam-ah samghaya namah suvarnavabhasasya……

似乎是孔雀明王的眞言。

晴明和博雅聽著那聲音，緩緩挨近正殿。

兩人悄悄登上窗外的窄廊，從牆縫窺探正殿內部。

屋頂也壞了，狹窄的正殿地板，大約有三分之一薄薄地積著一層雪。

雖然不知道原本的主佛是什麼，但那種東西早就被偷走了，看似擺放主佛的地方，現在擱著一尊五寸高的拙劣木雕像。那尊木雕像似乎坐在一隻外形看似鳥的座位上。如果將那隻鳥視爲孔雀，那尊木雕像便是孔雀明

王了。

木雕像正面，坐著一個僧人打扮的男人，正在唸誦孔雀明王的真言。

他應該就是四德法師吧。

四德法師和孔雀明王雕像之間，擱著一口壓癟了一半的唐櫃。

huci, guci, dahuci, muci, svaha……

四德法師唸誦完真言。

接著，四德法師做出驚人的舉動。

他打開眼前的唐櫃蓋子，取出一個白色圓形之物，再蓋上唐櫃蓋子，之後將剛才取出的那個白色圓形之物擱在蓋子上。

仔細觀看，原來那是人的白色髑髏。

「……」

博雅禁不住幾乎要發出叫聲，自己捂住了口。

四德法師凝視著那個髑髏一會兒，之後拿在手裡，翻來又覆去，或往側邊橫倒，專注地打量。

他似乎在察看什麼。

「奇怪，沒有任何異樣……」

就在四德法師如此喃喃自語時，話音響起。

「博雅，已經可以發出聲音了。」

原來是晴明，他在窗外的窄廊上發出腳步聲地走動起來。

晴明繞到入口，打開門，走進正殿。

博雅跟在晴明身後。

四德法師坐在原處，轉個方向面對著入口，再將右手遞到身後。

看來他把髑髏藏在自己身後。

「你、你是誰？」四德法師發出隱藏不住狼狽的聲音。

「我名叫安倍晴明。」

「這麼說來，是土、土御門那位……」

「沒錯。」

「爲什麼來這裡……」

「我們從柏木季正大人宅邸一路順著您的足跡來的……」

「也就是說，你們……」

四德法師說到此便無言以對。

「是。您剛才拿著髑髏的事，也被我們看到了。」

「意思是，你們已經知道了全部……」

「也不是知道了全部，其他也有想請教您的事。譬如，您到底在何處取得那個髑髏等……」

四德法師閉上眼睛，之後，死心似的張開了眼。

「我有一個名叫智德法師的夥伴。智德曾向我述說您法力高強的事，我等這種程度的人實在敵不過您。既然如此，我就全部說出吧。」

四德法師所說的那個智德法師，是個法師陰陽師，以前打算戲弄晴明，曾經造訪了晴明宅邸，那時，他帶去的式神反倒被晴明藏了起來，受了不少晴明的戲弄。

「我該從哪裡說起比較好呢？」

「那麼，就從剛才說的，您到底如何取得那個髑髏這事說起吧……」

「我明白了。」

四德法師說畢，開始述說事情原委。

五

六年前，四德法師被請至柏木季正宅邸這件事，完全出於偶然。

那不是四德故意策劃。

聽說是眼疾。

四德法師占卜了之後，得知以下的事。

柏木季正於前世是比叡山的僧人。

他在山中修行時，不小心跌倒了，頭部撞上岩石，當場死在該處。

之後，屍體腐朽，只剩骨頭，現在也躺在比叡山山中，曝曬於野地風中。

四德心想，眼睛會痛，應該和那具屍體有關，於是進入山中尋找，結果找到了躺在森林中化爲骨骸的季正的前世屍體。

四德仔細察看，發現地面長出荊棘，那荊棘剛好穿過髑髏的右眼洞孔往上生長。

原來季正眼睛疼痛的原因是這個，四德立刻抽出荊棘，那時，他突然想到一件事。

「慢著……」

假使這具骨骸和柏木季正有因緣，那麼，往後可以靠此謀生，不用再挨餓。

日後，四德帶回那具骨骸，藏在唐櫃內。

即使有人發現了，反正是人的髑髏，不會拿走。

「因此，在沒有人委託我工作的期間，我就利用那具骨骸，故意讓柏木季正大人生病。」

如果在胸部擱著大石頭，季正便會感到胸部疼痛，若用石頭敲打頭部，季正會頭疼。

醫治方法很簡單。

只要挪開擱在胸部的石頭，或停止用石頭敲打頭部，即能痊癒。

最初，是一年一兩次，之後變成三次、四次，最後變成一個月一次。

「季正大人會心生疑惑，找晴明大人商量此事，也是理所當然。」

四德法師如此說後，向晴明和博雅深深行了個禮。

六

積雪僅三天便融化了。

晴明宅邸庭院的梅花正在盛開，在春天的陽光中，柔軟地散發香味。

晴明和博雅一面觀賞梅花，一面喝酒。

蜜蟲在一旁，只要酒杯空了，便會往杯子內斟酒。

「可是啊，晴明，你爲什麼寬恕了四德法師大人呢……」博雅端起酒杯地說。

「怎麼？你不滿意嗎？博雅。」晴明說。

「不是不滿意。我也認爲那樣做很好。」

晴明沒有懲罰四德法師，就那樣讓他離去，至於那具與柏木季正有關的骨骸，連同唐櫃，晴明代爲保管，之後託人送到廣澤寬朝僧正那兒，請僧正鄭重其事祭奠。

「全部結束了。往後，您不用再爲了這件事而有任何苦惱。」

晴明只是對柏木季正如此說而已。

「因爲人活在這世上，是一件相當費勁的事……」晴明對博雅說。

這世上有許多光靠法師這個頭銜無法謀生，必須戴上烏帽，做些類似陰陽師做的事，以法師陰陽師身分爲生的人。

「即便看上去似乎隱藏在積雪底下，但人的心中，終究仍潛藏著各色各樣的東西……」博雅深有感觸地說。

「不過，博雅，想到積雪底下也潛藏著春天，那麼，就算積雪底下的東西顯露出來，應該也不能將之視爲歹事而否定一切吧……」

「嗯。」博雅點頭。

「博雅啊，笛子……」晴明說。

「我也剛好想要吹笛……」

博雅擱下酒杯，從懷中取出葉二，貼在脣上。

博雅的笛聲融化於梅花香中。

飄飄然地，晴明在喝著酒。

飄飄然地，博雅的笛聲響。

春天，已經到了。

佇立在花下的女子

一

有一杯沒一杯地喝著酒。

此處是安倍晴明宅邸——

源博雅坐在窄廊上，右手端著盛著酒的酒杯，有時望向庭院，出神地嘆了一口氣後，再將酒杯送至脣邊。

庭院的櫻花正盛開，方才起，每逢起風，花瓣便會在午後陽光中紛紛飄落。

「喂，晴明啊。」

博雅將酒杯自嘴脣端開，停在半空。

「什麼事？博雅。」

晴明背倚一根柱子，從櫻花移轉視線，望向博雅地問。

晴明雖然身穿白色狩衣，但肩膀及袖子四周，黏貼著幾瓣隨風飄來的櫻花花瓣。

「不知什麼時候，我曾和你談過，因爲花會飄落，才顯得出其美，是吧？」

「嗯。」

晴明將酒杯端至脣邊點頭。

含著酒的晴明紅脣，看上去像微微浮出笑容。

「同樣道理，人之所以值得愛，是因爲每個人最後都會死去的緣故嗎……」

「應該是吧。」

晴明擱下酒杯，望著博雅。

晴明的嘴脣依舊在微笑。

無論何時，那微笑都會自然而然地掛在晴明嘴邊。

「我明白了……」

浮在晴明嘴邊的微笑，變成明顯的笑容。

「博雅，你是不是遇上了什麼事？」

「你說的什麼事指的是什麼事？」

「你不用裝糊塗。每當你出現這種表情時，不總是那樣嗎？」

「這種表情指的是什麼表情？」

「那還用說，就是你現在這種表情。」

「唔……」博雅閉起嘴唇，吞下想說的話。

「到底怎樣？」

「哎，要說有，確實好像有，要說沒有，又好像沒有……」

「那就是有了？」

「有。」博雅下定決心般地點頭。

「遇上了什麼事？」

「……」

「女人嗎？」

「不是。」

「那又是什麼事？」

「櫻花的事。」

「櫻花？」

「六條河原院東邊，有一棵櫻花樹。」

「嗯。」

「那棵櫻花樹非常漂亮，大約在十天前，櫻花即將開花時，我乘牛車路過，恰好看到了。」

「結果呢？」

「七天前的那個夜晚，我看準了恰好的賞月時機，再度乘牛車前往那裡。」

二

博雅讓牛車停在鴨川堤上，獨自一人站在櫻花樹下。

櫻花已經開了六、七成，抬頭仰望，可以看到花瓣間隙露出月亮。

博雅從懷中取出葉二。

是以前那個朱雀門妖鬼送給博雅的笛子。

博雅將笛子貼在嘴脣上，吹起笛子。

清澈的笛音，在月光中朝天空上升。

博雅吹的不是既有的曲子。

他只是一面想著櫻花，一面隨興地吹著笛子。

花瓣隨著微風互相碰觸，看似在爲笛音致賀詞般，悄悄地彼此交頭接耳。

博雅吹了一陣子，無意中望向一旁，發現櫻花樹根附近站著一名女子。

是名穿著白裡透紅重疊衣裳的女子，估計不出她的年齡。

看上去似乎還年輕，但又似乎已有一把歲數。

悄悄佇立在樹下的女子，既不出聲，也沒有發出任何衣服磨擦的響聲。

甚至連是否在呼吸，都看不出。

女子只是默默無言地凝望著博雅。

眼神在催促博雅繼續吹笛。

博雅再次吹起笛子時，女子會看似全神貫注地在聆聽笛音。

吹完笛子，博雅望向方才女子還在的櫻花樹根附近時，女子已經消失蹤影。

第二天晚上、第三天晚上，博雅都出門前往六條河原院。

只要博雅在櫻花樹下吹笛，那女子便會悄然出現。

美麗的姑娘呀，妳到底是何方小姐——

每當博雅打算如此詢問而停止吹笛，望向女子佇立之處時，總是不見女子的身影。

女子每次都在不知不覺中出現，無言地聆聽著博雅的笛音，之後，又在不知不覺中消失。

彷彿不是這個塵世的人。

「說來說去，結果還不是女人嗎……」晴明說。

「哎，晴明，你再聽我說。」

博雅探出身。

「這是昨天晚上的事……」

昨晚，博雅再度懷著葉二，出門前往河原院。

櫻花已經過了盛開時期，開始飄落。

博雅吹起笛子時，女子又出現了。

「不過，晴明啊，昨晚那姑娘的樣子，和過去完全不同。」博雅說。

「怎麼個不同？」

「那姑娘看上去很悲傷，她在哭泣。」

女子在飄落的櫻花花瓣中，流著眼淚。

博雅看不過去，停止吹笛。

「姑娘，妳怎麼了？妳爲什麼哭泣呢？」博雅開口問。

可是，女子不作答。

她只是一副哀痛的表情望著博雅。

「姑娘，妳爲什麼看上去一副很悲哀的表情呢？」

博雅再次問，但是，女子依舊只是無言地凝望著博雅，飄落的櫻花簌簌落在女子臉龐上。

這時，吹起一陣風。

沙沙。

櫻花樹枝搖搖曳曳，無數的花瓣被捲至懸掛著月亮的天空。

博雅抬頭仰望，再將視線移到原處時，女子已經消失蹤影。

三

「這是昨晚的事，總之，我很擔憂那個姑娘。坦白說，我今晚也打算前往河原院，無奈今晚是值班日，我必須待在宮中。」博雅說。

「原來如此……」晴明一副若有所思的表情，點頭道。

「假如那位姑娘不是這個塵世的人，晴明，這就是你的專長了。雖然我不知道那位姑娘爲何哭泣，但是，如果有辦法解決的話，我很想幫她的忙……」

「明白了。」

晴明將酒杯送至脣邊。

「今天晚上，我去看看。」

晴明如此說後，喝乾了酒。

四

「晴明啊，事情不好了……」

第二天傍晚，慌慌張張跑進來的博雅，剛坐到窄廊，便如此說。

「博雅，怎麼了？」晴明的聲音從容不迫。

「昨晚，我聽值班人員他們說，河原院因爲要擴建，預計在今天砍掉那棵櫻花樹。」

「結果呢？」

「今天結束值班後，白天，我趕到河原院時，櫻花樹已經被砍掉了……」

博雅深深嘆了一口氣。

「啊，現在回頭細想，那位姑娘，可能是那棵櫻花樹的精靈或其他什麼吧。那位姑娘，她知道明天將被砍掉，所以，當時大概在向我求救吧……」

博雅閉上雙眼，輕輕地左右搖頭。

「博雅啊，你看那邊。」

晴明舉起右手，指向庭院。

博雅順著手指方向望去，看見庭院的楓樹一旁，長出一支還殘留著幾朵花的櫻花樹枝。

「今天早上，我出門前往河原院，在櫻樹被砍掉之前，向對方要了一枝樹枝，插在那裡……」

「唔，嗯？」

「總之，夏天之前，應該會生根。到時候，博雅啊，你就移植到你家院子好了……」

「什麼?!」

「哎，反正你就照我說的去做。」

五

果真如晴明所說那般，那支櫻花樹枝在夏天生了根，並長出葉子。

博雅斟酌了恰好時機，將那枝櫻花樹枝移植到自家庭院，第二年春季，那棵櫻花樹開了花。

博雅很高興，觀賞著櫻花，吹起葉二時，櫻花下出現一個佇立的女童。

女童凝望著博雅，面露微笑，輕輕地行了個禮。

屏風道士

一

櫻花已經謝了。

兩天前，還留著三成左右的花瓣，然而，當天晚上直至翌日，瘋狂颳起宛如天空崩裂般的暴風，早晨醒來一看，大部分的花瓣都脫離了樹枝，消失得無影無蹤。

彷彿在一個晚上裡，所有花瓣都被夜晚的虛空吸走了那般。

昨天和今天，接連兩天都風和日暖，嫩芽在花瓣消失的樹枝迅速長出，此刻那些綠葉正在隨風搖曳。

晴明和博雅一面觀賞櫻樹綠葉，一面在喝酒。

此處是晴明宅邸窄廊上。

「眞好，晴明啊……」博雅端著盛著酒的杯子說。

「什麼事眞好？博雅。」

晴明望著庭院的櫻樹，擱在食案上的杯子仍盛著酒。

他將視線停駐在櫻樹地問博雅。

「我是說，櫻花。整個冬天期間，所有樹枝都毫無任何動靜，但天氣一暖起來，花瓣便接二連三地綻放，剛看到花瓣在陽光中開得熱鬧非凡，卻因爲吹了一個晚上的風，便不知飄到哪裡，消失得連個影子都沒有……」

「是嗎……」

「看著這樣的櫻花，晴明啊……」

「怎麼了？」

「我感覺，我好像正在看著這個天地發出隆隆聲響，繪聲繪影地在轉動那般，而存在於這個天地間的人，也宛如那些一片片的櫻花花瓣……」

「嗯。」

「因爲櫻花而萌生的這種心情，或者說，那種會令人情不自禁嘆氣的內心感情，在我來說，感覺上還滿好的。」

「嗯。」點頭的晴明，依舊望著庭院。

「我記得之前也說過了，花，正因爲會飄零，所以美麗，此刻的我，深深感覺，確實、確實是如此，晴明……」

「是嗎……」

「舊事物時時刻刻都在與新事物替換，藉著替換，事物在這個天地間轉動。而在這種令人渾身發顫的星移物換中，人所做的一切，到底有多少分量可言呢？人所做的行爲，不是無力得令人感到悲哀的程度嗎？看著櫻花，我就想到人所做的行爲之徒然，於是就會對人的那種惹人憐愛的性質，深有感觸。所以，晴明啊，我看著櫻花，就會對人心生眷愛之情，這種感受讓我眼淚都快要溢出。這樣和你一起喝著酒，一起觀賞櫻樹嫩葉隨風搖曳的情景，我會覺得，自己生而爲人，眞好……」博雅說。

「唔，應該是這樣沒錯……」

晴明鬆開本來抱著的胳膊，將視線移向博雅。

「什麼應該是這樣？」

「喔，我是說，兼家大人所擁有的那組屏風畫……」

「屏風畫？」

「嗯。今天早上，兼家大人宅邸遣人過來傳話，說想和我商討有關屏風的事。」

「你這麼說，我也聽不懂是什麼事。」

「前些日子，兼家大人自東寺得到了兩扇一組屏風。」

東寺——指的是教王護國寺。

「那組屏風，被稱為默想堂，是空海和尚於往昔從唐國帶回的物品。本來一直存放在東寺，這回被兼家大人弄到手了……」

「是嗎？」

「大約在半年前，兼家大人前往東寺時，東寺給他看了那組屏風，兼家大人非常中意，一再請求東寺將屏風讓給他，包括衣物，至今為止送出許多物品和金錢，這一次，東寺終於將屏風送到兼家大人宅邸……」

「那又怎麼了？」

「事情是這樣的，博雅。」

晴明如此說，之後講述起那組屏風的事。

二

那組屏風，上面畫著山水畫。

屏風深處畫著連綿群山，山峰互相重疊，白雲環繞著山腰和山頂。

前方那座山的岩石間落下一條瀑布，瀑布跟前有塊大岩石，其上有座佛堂。不可思議的是，那座佛堂沒有入口也沒有窗戶。只是在看似原本應有的入口處的屋簷下，掛著一塊匾額，上面寫著「默想堂」。
因此，這組屏風才被稱爲「默想堂」。
可是——
到底爲了什麼在這樣的畫中安置了這樣的佛堂呢？
之前，有各式各樣的人物，給予各式各樣的評論。
某位著名高僧說：
「這不是佛堂，是人。」
那位高僧又說：
「屏風畫的是一個緘口不語的人，坐在岩石上，進入三昧境地的樣子。」
兼家決定請這位單大師前來修復屏風畫。
三天前，這位單大師突然不請自來地造訪兼家宅邸。
他身上披著一件看似道袍的衣服，不帶隨從，獨自一人前來。
白髮，白髯。
身高很矮，整張臉埋在皺紋中，甚至看不清眼睛在哪裡。
猶如一隻年老的猴子。

猜不出他的年齡。

到底要歷經多少歲月，人才會成為這樣的風貌呢？

「請隨我來……」

兼家馬上帶領單大師前往擱置屏風的房間，讓單大師看了屏風。

「噢……」

單大師一看屏風，低沉地發出呻吟，之後沉默不語地在屏風前盤坐下來。

「單大師，這個換新之後，再重新上漆，會不會讓這幅畫更好看一點……」

兼家開口問，但單大師依舊保持沉默，觀看著屏風上那幅畫。

兼家細看之下，發現順著單大師的臉頰皺紋，撲簌撲簌落下兩行眼淚。

原來單大師在輕聲啜泣。

「您怎麼了？」兼家問。

「請給我筆墨。」單大師如此說。

兼家立即命人準備了筆墨。

單大師用筆尖蘸了墨，站到屏風前，揮灑自如地在畫上運筆。

下筆之處正好是「默想堂」匾額下方。

單大師在什麼都沒被畫上的佛堂牆上，畫了一扇門。

畫完後，單大師將筆遞給兼家。

「恕我失禮……」

之後，他對著畫伸出手。

當他的指尖觸碰到方才畫成的門時，門就開了。

「啊……」

兼家發出叫聲時，單大師已輕巧地鑽過那扇門，走進佛堂。

「大師，單大師……」

無論怎麼呼喚，門也不再敞開，剛才敞開的那扇門又恢復成普通的畫中門了。

到底發生了什麼事？

一天過去，兩天過去，都不見單大師回來。

兼家一籌莫展。

三

「因此，今天早上，兼家宅邸遣人過來傳話，要我設法解決問題……」晴明對博雅說。

「原來如此。」

「我問對方，今天源博雅大人預計光臨寒舍，到時候我和博雅大人一起動身，不知可否？在你來這兒之前，對方捎信來說可以……」

「是嗎……」

「所以我打算喝了一兩杯酒後，只要你願意，我們便一起動身前往兼家宅邸。結果，你提起櫻花的話題，恰好我也因爲屏風問題，正在思考有關新舊事物的變遷……」

「原來是這樣……」

「唔，事情正是這樣，你打算如何，博雅……」

「什麼打算如何？」

「去嗎？」

「去兼家大人宅邸？」

「正是。難道你不想看看那組屏風？」

「想看。」

「那麼，走吧。」

「嗯。」

「走。」

「走。」

事情就這麼決定了。

四

晴明和博雅端坐在屏風前。

兼家坐在一旁，一臉困惑的表情。

「這就是那幅畫嗎？」晴明問。

那是一幅出色的畫。

重疊的山巒和白雲，以及瀑布——彷彿頃刻之間即會傳出瀑布聲和風聲。

「是的。你應該已經聽了事情的來龍去脈，我實在感到很爲難。」兼家說。

畫中的佛堂牆上，果然有一扇用新墨汁畫上的門。

博雅和晴明用手指觸碰那扇門，門也沒敞開。

「我完全不明白到底發生了什麼事。」兼家說。

「唔，這問題只能去問當事人了。」晴明說。

「當事人？」

「就是單大師。」晴明說：「兼家大人，請給我筆墨……」

這句話和單大師於三天前說的話一樣。

「順便讓人準備盛滿酒的瓶子和三個酒杯。若有什麼下酒菜，也一起擱在食案端過來吧……」

兼家立即讓下人準備了晴明所說的東西。

晴明取起筆，蘸了墨汁，站到屏風前。

接著，將筆尖貼在佛堂牆壁上。

然後，晴明沙沙地運筆如飛，在畫上畫了窗戶。

畫中的佛堂，有兩面牆壁。

其中一面畫著門，剩下的另一面是空無一物的牆。晴明正是在那面牆上畫上窗戶。

晴明將筆遞給兼家，雙手捧著食案站到博雅面前。

「博雅大人，您帶來了葉二嗎……」晴明問。

「嗯，帶來了……」博雅將手貼在胸前。

「那麼，一起上路吧。」

「去、去哪裡？」

晴明不回答博雅的問題。

「博雅大人，能不能請您用手指抓住我右邊的袖子……」晴明說。

「唔，嗯。」

博雅按照晴明所說的做了。

「那麼……」

晴明朝屏風邁出腳步。

晴明和博雅穿過方才晴明畫上的那扇窗戶，消失於佛堂內。

五

晴明和博雅站在佛堂中。

地面是石製的。

佛堂內部不怎麼寬廣。

面向山的方向，有座陽台，其上坐著一位白髮老人，正在觀看對面的瀑布。

瀑布的水，發白地不停降落、不停降落，彷彿時光自天而降地流落下來，永無止境。

老人——單大師駝著背坐在陽台，專注地觀看那片景色。

「單大師……」

晴明開口呼喚。

「我們帶來了酒和下酒菜。」

晴明與博雅同時挨近，將食案擱在單大師面前，坐到大師身旁。

「噢……」

單大師望向晴明。

「你是……」

「我名叫安倍晴明。」

晴明伸手取起瓶子說。

「我聽說過這個名字，你是陰陽師吧。」

「是。」晴明點頭。

「我名叫源博雅……」博雅說。

「您在這裡已經待了三天，應該口渴了吧。」

晴明朝單大師伸出手中的瓶子。

「不勝感激……」

單大師取起杯子，遞了出去。

晴明在杯子斟酒。

「噢……」

單大師將快要溢出的酒杯運到嘴邊，瞇著眼喝下了酒。

「你們也喝吧……」單大師勸酒地說。

「那麼……」

「我們也喝吧。」

晴明和博雅互相在對方的杯子斟酒，當場喝了起來。

瀑布聲平穩地流響。

三人聽著那響音，靜靜地喝著酒。

過了一會兒——

「你爲什麼不問……」

單大師擱下杯子，主動發問。

「既然是陰陽師，應該是受兼家之託，特地來問我爲什麼消失在這幅畫中，到底發生了什麼事等等吧。」

「是。」

「那就隨便你問吧。當作酒的回禮，我願意回答……」單大師說。

「既然如此……」晴明也擱下酒杯，「此刻我們身處其中的這幅畫，聽說是傳自唐國之物，不過依我看，單大師您似乎在很久以前便知道這幅畫的存在。單大師，您和這幅畫到底有什麼因緣呢……」晴明如此問。

「說起來，這幅畫……這幅『默想堂』是我在三百多年前，唐太宗那個時代，於長安畫的畫……」

「那眞是遙遠的時代啊。」

「你看，這正是唐代終南山的景色。」

「原來……」

「我年輕時，極爲憧憬仙道的世界，因而背離這個凡間，讓肉體及精神與天地合一，打算獲得與天地同樣的年齡……」

「是。」

「這座『默想堂』，正是我當時的模樣。沒有可以進出塵世的門，也沒有窗戶，我只想存在於天地中，與天地一起活下去。爲此，我讓自己經歷各種痛苦修煉，重疊日月與歲月，好不容易才走到今天，結果獲得的是此刻的我這個樣子……」

「此刻的您這個樣子？」

「不知是不是缺乏才能，或是缺乏與生俱來的器局，或者只是我修煉不足而已，到最後，我既無法修成天仙，也無法修成地仙，甚至無法修成屍解仙。雖然終於成爲假仙人，也就是道士，但也僅只於此罷了……」

「僅只於此？」

「我只是比一般人長命而已。雖然不能說是獲得了與天地同等的壽命，不過，我獲得可以活一百年、二百年、三百年的能力，也獲得可以避免生病的竅門，但代價是……」

「代價？」

「一樣會衰老。」

「……」

「如果我活了一百年，我就是一百歲，活了二百年就是二百歲，活了三百年就是三百歲，我這個身體，一樣會逐漸積聚著名爲衰老的歲月呀，晴明大人……」

「是。」

「我，爲了這個，拋棄了我的父母，不但沒有妻子，也沒有孩子，更沒有朋友，就這樣活到今日。曾經，我也擁有過心靈相通的女人，但那個女人比我早一步衰老，早一步死去……」

「……」

「唯獨我一人，和這個天地一樣，不但落在人們後面，而且還在持續衰老。所謂長命，其實就是長命而已。就是長命而已……」

一行、兩行清淚，順著單大師的深濃皺紋紋路流下。

「我只是徒勞地活了太久了……」

「……」

「我爲了成仙，終日想的都是修煉之事，連我父母到底怎麼死的，晴明大人，我都不知道啊……」

單大師嘆了一口氣。

「當我聽聞這組屏風畫的風聲時，大吃一驚。我萬萬沒想到，我在三百年前的唐代所畫成的畫，竟然會傳到這個日本國來……」

「……」

「我聽兼家大人提起這組屏風畫時，便很想親眼看看。於是，從播磨迢迢來到京城，看了屏風，那確實是我以前畫成的『默想堂』……」

「是。」

「觀看著這幅畫時，我一直在思考，迄今爲止的我，究竟是何種存在？不知不覺中，眼淚就順著臉頰流下……」

「……」

「我實在很愚蠢。啊，而且愚蠢到不可救藥的程度。光是長命，絕不是一件幸福的事啊，晴明大人……」

單大師感慨萬千地說。

「因此，我當時感到無地自容，就這樣，我把自己藏在這幅畫中……」

「原來是這樣。」晴明的聲音極爲柔和，極爲溫暖。

晴明望著重疊的群山和瀑布。

「話說回來，這幅畫的景色，眞是孤獨，眞是美……」晴明低聲道：

「博雅大人，笛子……」

聽晴明如此說，博雅默默無言地從懷中取出葉二。

他將葉二貼在脣上，吹起。

葉二撲撲簌簌地溢出笛音，宛如豐富的清水流出那般。

「哎呀……」單大師發出叫聲。

六

從屏風畫中傳出笛音時，兼家原以爲發生了什麼大事，但過了不久，笛音歇止，晴明和博雅偕同單大師從畫中出來。

「這幅畫，終於完成了……」

單大師如此說後，完全不碰觸那幅畫和屏風，就告辭了兼家宅邸。

也因此，單大師和晴明個別畫上門與窗的那組屏風畫，便留在兼家宅邸。

「這樣不是很好嗎？單大師所描述的故事，原封不動地留在畫中，那正是這幅畫的價值……」兼家很高興地如此說。

據說，「默想堂」的窗戶內，可以看到陽台，其上有一張擱著三盞杯子和酒瓶的食案。

產養磐

一

女人在趕路。

趕的是山路。

她知道太陽仍掛在天空，但四周已飄蕩著傍晚的氣息。此處是深山，太陽被山遮住，陽光照不進來。

何況在森林中，四周更昏暗。

她似乎走錯了路。

她知道這裡是伊那谷某個地方，但是，到底是伊那谷的哪裡，則完全說不出來。

她走的是一條不能稱之爲路的路。

原本順著野獸通行的獸徑前行，走著走著，那條獸徑也漸漸隱沒在繁茂草叢中。

連好不容易重新找到的另一條獸徑，也因爲樹根和岩石而斷斷續續，此刻是走在茂密的杉樹森林中。

彷彿被封閉在深山胎內。

女人終於不知該如何是好，停住腳步。

停住腳步後，她感覺深山的香氣益發濃郁，樹液或從杉樹樹幹，或從杉樹樹根濕漉漉地湧出，那樹液似乎逐漸滲進自己的肉體。

也感到深山和森林的黏液滲進自己體內，肉體本身逐漸溶入山中那般。

一直不動的話，也會感到自己與山合爲一體，感到自己似乎成爲山的一部分。

這種感覺其實也是一種甘美的回憶，不過，此刻的她，不是獨自一個人的她。她體內寄宿著另一個新生命。

天黑之前，她必須找到可以睡覺的地方。不知這附近有沒有可以安全度過一晚的地方？

雖說是夏天，但夜晚會變冷。

如果身子被雨淋濕，對肚子裡的孩子不好。

至於吃的，除了中午吃過晾乾的米飯，已經沒有其他食物。

若可以摘採野菜就好了，可惜現在是夏天，能吃的青草和葉子，都長得太成熟而過於粗硬。

一直不動的話，感覺腳上會長出根，就那樣眞的無法動彈。

這是她第一次出門遠行。

更何況是一個人遠行。

這樣待著不動，會害怕起來，認爲還是父親說的那些話比較正確。

難道應該留在父親身邊，就那樣生下孩子比較妥當嗎？

可是，不管是什麼理由，她都很想看一眼所謂的京城到底是什麼樣的地方。

縱使正如父親所說那般，男人根本沒在等她，那也好。

孩提時代起，她便非常嚮往京城。她以爲，京城有許多人往來，也有大規模的市場，街上更有衣著耀眼華麗的男女在漫步，從貴族宅邸或許還會傳出現在流行的音樂。

她很想去。

去京城——

這樣想著想著，她的腳步自然而然又往前邁出。

走了一段時間，森林變得開闊。

眼前是長滿了夏天繁茂青草的山中草原，而且似乎也有人走過的痕跡。

順著痕跡往前走，她來到草原中有塊大磐的地方。

那塊大磐，約有一戶房子那般大。

四面像陡峭的牆壁，但有突出處和窪坑處，只要伸手去抓，似乎勉強可以讓人爬到上面。

那塊大磐一旁，又長著一株高大的杉樹古木。

她來到大磐前，仔細一看，發現四周確實有人踩踏的痕跡。

沒錯。

這裡看似有人經常來，確實沒錯。

這時，女人發現了一件事。

大磐下方的泥地上，似乎擱著某樣物品。

細看之下，原來是一個塗了漆的華麗箱子。

箱子一旁，豎立著一個竹筒。

箱子蓋著蓋子。

女人走近，捧起箱子。

捧起箱子後，女人發現裡面似乎裝有東西，很重。

她掀開蓋子。

眞是令人難以置信，箱子裡面竟然裝著麻糬。

一共有五個。

用手指觸摸，還很柔軟，看來是剛搗成的。

女人已經無法忍耐，揑著一個麻糬放進口中。

好吃。

她立即吃完一個，接著再吃第二個，然後吃第三個，最後吃光了全部五個麻糬。

吃了麻糬，塡飽了肚子後，才發現口裡很乾。

女人取起竹筒，裡面好像裝有類似清水的東西。竹筒有塞子，拔掉塞子後，從中飄出某種香味。

原來是酒。

喝了一口，再喝一口，她用酒濕潤了喉嚨。

她本來就不會喝酒，只要能濕潤喉嚨讓其止渴，便心滿意足。

將箱子放回原處的泥地上，之後，愼重起見，她決定用繩子將裝著酒的竹筒懸在腰上，繼續前進。

對面又可以望見森林，大磐附近的踩踏痕跡比之前更清晰，一直持續至對面的森林。

女人心想，如果順著踩踏痕跡往前走，應該可以抵達有人居住的村子，於是邁開腳步。

走著走著，那條路延續至森林中，穿過那片森林，可以看到零零星星的人家。

也有田地。

終於來到村落了。

那時，已經是傍晚時分。

在天黑之前，總算來到有人住的村落，女人放下心。

她站在距離最近的人家屋前，大聲喊叫。

「請問……請問，有人在嗎？」

之後，從中走出一個男人。

「什麼事？」

男人以可怕目光從上至下地盯視著女人，問道。

「我是路過的旅客，在山中迷了路，好不容易才走到這裡。我想拜託你們讓我借宿一宿，哪怕是屋簷下也好，如果能借我休息一晚，我會感激萬分。」

「迷了路？」

男人問，目光移至女人的腹部。

恰好看到女人懸在腰上的竹筒。

「喂，那個竹筒哪來的？」男人問。

「穿過那片森林後，有塊大岩石，這個竹筒本來擱在那塊岩石下。」

女人答。

「妳喝了嗎？」

「是，喝了一些。」

「這個竹筒旁邊，還有個箱子，裡面應該有麻糬……」

「對不起。原來那是您的麻糬……」

「對不起？」

「很抱歉。我因爲太餓了，所以吃了裡面的麻糬。」

「裡面應該有五個麻糬。」

「是的，裡面有五個麻糬，我全吃掉了。」女人說。

「噢！」

男人抱頭呻吟。

「妳怎麼可以做出這種事？妳怎麼可以吃掉我們獻給灰和尚大人的所有麻糬呢……」

「灰和尚大人？」女人問。

男人不理會女人的提問。

「喂，喂，大家出來吧！」

男人如此說之後，家家戶戶傳出聲音。

「怎麼了？」

「什麼事？」

「發生了什麼事？」

十多名男女隨著聲音陸陸續續出來。

「怎麼了？」出來的眾男人之一問。

「這個女人在說，她吃掉了我們供給灰和尚大人的麻糬，全部吃掉了……」

村民們逐一答道。

「什麼？全吃掉了？」
「是說，全部都吃掉了？」
「怎麼可以做出這種事？」
村民們一樣抱著頭。
「非常抱歉。可是，那位灰和尚大人，到底是哪位大人呢？我願意向那位灰和尚大人表示歉意，所以拜託您們、拜託您們……」女人深深行禮。
「對了，讓這個女人取代麻糬不就好了嗎……」有人如此說。
「嗯，說的沒錯。既然是這個女人吃掉麻糬，那就讓這個女人取代麻糬給灰和尚大人吃掉好了……」
「是啊，讓這個女人當祭品不就行了？」
村人們說出十分可怕的事。
女人雖然聽不懂他們在說什麼，卻明白這樣下去可能會鬧出大事，打算逃跑。
「別讓她跑掉。」
「抓住她。」

女人遭村民們包圍，還未抵抗便被按住，村民們再用繩子捆住女人。
「誰願意跑一趟，去向鐵匠店婆婆報告這件事，順便問一下，能不能讓這個女人取代麻糬？」
「我去！」
有人如此作答，接著拔腿就跑。
不久，那個人又回來了。
「鐵匠婆婆說，就那樣做。又說，如果是個年輕女人，或許山神會更高興……」那人說。
「就這麼決定。」
「就這麼決定。」
贊同聲紛紛湧起。
「那麼，動身吧。」
「噢，走吧。」
村民們往前邁開腳步。
女人因為雙腳可以走動，被村民們拉扯著，再度被帶到那塊大磐之處。

此時，四周已經發黑，有幾個村民手上握著火把。

「捆住她的腳，別讓她跑了。」

「她是山神的祭品。」

女人的雙手被綁在背後，雙腳腳踝也被捆住，倒躺在大磐下。

「啊嗷嗷嗷嗷嗷……」

自森林深處傳出不知是什麼野獸的叫聲。

「是山神大人。」

「把女人放在這裡，我們回去吧。」

「好。」

「回去向鐵匠婆婆報告。」

村民們如此說，再陸陸續續消失於黑暗中。

村人們將女人擱置在大磐下的泥地上，任女人那樣倒躺著。

四周只有女人獨自一人。

她無法動彈。

黑夜無聲無息地加深，昏黃月亮出現在東方上空。

「啊嗷嗷嗷嗷嗷……」

「啊嗷嗷嗷嗷嗷……」

好幾處同時響起野獸嗥叫聲。

「啊嗷嗷嗷嗷嗷……」

「啊嗷嗷嗷嗷嗷嗷嗷……」

那嗥叫聲逐漸逼近。

女人非常害怕。

難道自己會被這個逐漸逼近的野獸吃掉？

不，不僅自己會被吃掉。連肚子裡那個新生孩子，肯定也會被吃掉。

啊，早知如此，當初是不是應該聽父親的話，不去京城，留在諏訪好呢？

女人發現，黑暗中，零零星星有青色圓點在閃閃發光。

那亮光圓點，正在左右移動。

女人知道那是野獸的眼眸。

「是女人……」

女人聽到這樣的聲音。

那聲音與人的聲音相似，但咻咻呼吸聲夾雜著自牙齒間洩漏的聲音，令人毛骨悚然。

「是女人……」

「是女人……」

「這女人，懷孕了……」

「她肚子裡有孩子。」

「有孩子。」

「看上去很好吃。」

「肚子裡的孩子特別好吃……」

那聲音可怕得無以名狀。

「有人嗎？有人嗎？請救救我……」女人大喊。

結果——

「妳好像蒙難了……」

頭頂上傳來聲音。

是嘶啞的男人的聲音。

「怎麼？要我幫妳嗎……」聲音問。

「無論是誰都可以。拜託您救救我……」女人說。

「我要謝禮。」聲音說。

「謝禮？」

「我總覺得妳那邊傳來酒的氣味。或許，妳懸在腰上的那個竹筒，裡面裝的是酒？」

「是、是，裝的是酒。」

「那麼，妳就給我酒吧。」

「不管什麼都可以給您，拜託您救救我……」女人答。

大磐上滑溜地落下一條前端有吊鉤的繩子。

吊鉤正好鉤住纏在女人腰上的繩子。

女人的身體往上飄浮。

「噢，她要逃跑。」

黑暗中傳出叫聲，青色眼眸一齊轉動起來。

其中一雙亮光奔了過來。

那雙亮光奔到跟前，撲向飄浮在空中的女人的身體。

咯！

響起牙齒咬合的聲音。

「太可惜了，差一點就咬到了……」

女人一邊聽著這樣的聲音，一邊被拉到大磐上。

二

解開繩索仔細觀看，原來大磐上是平面，月光映照之下，站著一個老人。

白髮，白髯。

白色頭髮散亂得如蓬草，臉上深深刻著皺紋，黃色眼眸在皺紋間發出野獸般的亮光。

與其說他是人，不如說是自黑暗誕生的妖物，不過，那對眼眸好像也有可愛之處。

「太感謝您了！多虧您及時救難解危。」女人說。

「我是蘆屋道滿……」老人說。

「道滿大人？」

「嗯。」老人——道滿點頭。

其間，野獸成群聚集在黑暗中。

「太可惡了，竟然讓她逃掉了……」

「這個大磐，我們爬不上去。」

「太可惜了……」

「太可惜了……」

大磐下邊傳來這樣的聲音。

在大磐上俯視，可以看到數十頭野獸黑影，正包圍著大磐。

那些野獸似乎全都仰望著大磐，無數雙青色亮光的眼眸，自黑暗底邊凝視著上邊。

「我是旅人……」道滿開口，「旅途中，日頭落了山。這一帶有許多危險野獸，剛好這裡有塊看似可以避開野獸的大磐，所以我決定今晚就在這上面過夜。」

結果，大磐底下吵吵鬧鬧起來，衆多人帶來一個女人。接著，男人們將被捆住的女人擱置在大磐下，逕自離去。

好幾個男人聚在一起時，道滿爲了避開麻煩，故意不管閒事，沒想到底下只剩下女人一人時，森林中的野獸竟喧鬧起來。

「再說，我好像聞到酒的氣味。想說，救了妳，再向妳要謝禮，所以才出聲呼喚……」

道滿發出彷彿煮泥土的咕嘟咕嘟聲，如此說。

「可以給我酒了。」

道滿解開綁住的帶子，從女人腰上取下竹筒，拿在手中，拔掉塞子。

他盤腿坐下。

鼻尖挨近竹筒。

「啊，眞香。」

道滿說。接著，直接把竹筒擱在嘴上，津津有味地大口大口喝起酒來。

「喂，女人，妳爲什麼遇到這種事？」道滿邊喝邊問。

「事情是這樣的……」

女人在磐上重新坐正，講述起她的境遇。

三

女人在諏訪被稱爲沙久也。

是諏訪某神社祭司的女兒。

她和一個來自京城，名爲橘諸親的男人相好。不過，一個月前，諸親返回京城了。

「我終生都不會忘記妳的事。若有什麼問題，妳隨時都可以來找我。」

諸親臨走前如此說。

諸親離去後，過了半個月左右，沙久也得知自己懷了孕。她腹中懷上了諸親的孩子。

之前諸親所說的「若有什麼問題」的「問題」，指的正是這件事吧。

再說，她早就很想去一趟京城。

她對父親說，打算動身前往京城。

「沙久也呀，所有男人在分手前總是這麼說。假如妳相信了這句話而去找他，絕不會有好結果的。」

父親如此說。

「胎中的孩子，我來照料，妳不用擔心任何事。妳呀，身爲父親的我雖然不好這麼說，但妳確實長得很美。往後，應該還會出現適合妳的男人。」

然而，沙久也沒有聽進去。

她自顧自地整理好旅行裝備，單獨一人離開了諏訪。

四

「原來如此……」

聽完女人講述，道滿再度喝了一口酒，之後望向女人。

「原來是京城的男人……」

道滿輕輕地左右搖頭，抿嘴笑著。

「然後，在途中迷了路？」

「是。」

女人點頭，接著說明，她在這塊大磐下發現了箱子，並吃掉箱子裡的

麻糬，好不容易才找到有人居住的村落，卻被村人抓住，再次被帶到這兒來。

「村人們口口聲聲在說灰和尚、灰和尚，他們說的到底是什麼意思呢？」女人問。

「女人，妳名叫沙久也嗎？」

「是。」

「在伊那谷這一帶，稱剛出生的野狼孩子為灰和尚。野狼與大神同音，對這附近的村人們來說，野狼就是山神。」

「什、什麼？」

「野狼若生了孩子，這附近的村人會獻祭品給山神，也就是大神。他們會準備麻糬和酒，送到山中。通常在固定場所擱置祭品，例如在高大樹下，或類似這樣的大磐下。他們稱這種慣例儀式為產養……」

「是。」女人——沙久也點頭。

「如果不這樣做，野狼會生氣，有時襲擊村民，有時吃掉村裡的牛。只要出了一點錯，山的大神也會變成禍神……」

「因此，村裡的人才把我……」

「大概打算讓妳取代麻糬當祭品吧。」

「哎呀……」

「沙久也，妳吃掉了麻糬，我呢，喝掉了酒。對聚集在底下的那些東西來說，我應該算是犯了同樣的罪……」

道滿看似樂不可支地咯、咯、咯、咯笑出聲來。

「聚集在底下的那些東西是……」

「大神，也就是野狼。」

「可是，那些東西會說人話。」

「無論任何東西，不管是野獸，還是器物，只要累月經年，遲早都會說人話。底下那些東西中有會說人話的，其他野狼應該是跟那個會說人話的狼學習說人話吧……」

道滿說這話時，底下依舊不停傳來聲音。

「怎麼爬都爬不上去。」

「我們該怎麼辦？」

「只有人才能爬上去。」

「我們去找鐵匠店婆婆商量不就行了嗎？」

「嗯。」

「嗯。」

「去叫她過來。」

「嗯。」

「嗯。」

說了這些之後，底下安靜了下來。

自大磐上俯視下方，也看不到在黑暗中閃爍的眼眸顏色。

「是不是去了什麼地方……」沙久也說。

「牠們怎麼可能離開？大概趴在黑暗中，正在流著口水，等著吞噬我們的腸子吧。」道滿邊笑邊說。

「道滿大人，您不覺得害怕嗎……」

「黑暗是我的被褥，地獄獄卒是我的同胞。我有什麼好可怕的？可怕的不是妖怪，也不是黑暗……」

「是什麼呢？」

「妳說，是什麼呢……」道滿仰望上空的月亮。

沙久也望著道滿的臉，問：

「道滿大人，您總是一個人嗎？」

「我不是說了，黑暗是我的被褥，地獄獄卒是我的同胞嗎……」

「沒有人願意陪您一起喝酒嗎？」

「說沒有，確實沒有，要說有，也是有……」

「那個人是誰呢？」

「是個與我同業的男人，不過，那個男人不像我這樣誤入歧路，他好歹仍在京城做事。只是……」

「只是什麼？」

「算了，別再問了……」道滿說。

「請您告訴我吧。」

「這麼說好了，那傢伙另有個意氣相投的酒友……」

「不是道滿大人嗎？」沙久也問。

「哎呀，哎呀……」道滿低聲說道。

有個聲音蓋住了道滿的笑聲。

「沙久也，沙久也……」

聲音自下方的黑暗中傳來。

聽到那個聲音，沙久也嚇了一跳，打了個哆嗦。

「是我啊，我是橘諸親啊……」那聲音說。

「諸親大人……」沙久也站起身。

從大磐邊緣往下看，藉著即將升至中天的月光映照，可以看到黑暗中站著一個朦朧人影。

「您為什麼來這種地方？」

「我來接妳回去。」

「接我回去？」

「是的。」

那人影如此說。

「我對妳撒了謊，實在很抱歉。」

「什麼意思？」

「我本來就不是京城人。我對你說的，全是謊言……」

「怎麼可能……」

「是真的。我本來就是住在這座山的野狼的夥伴，因為很想在人間世界生活看看，所以化身為人，住在人間世界。之後，認識了妳……」

「怎麼會……」

「我打心底愛著妳，只是我覺得人和野獸，終究不能在一起生活，所以我主動離開了妳……」

「……」

「因爲我得知妳肚子裡懷了我的孩子。只要我不在妳身邊，那個日後將誕生的孩子，便可以以人的孩子的身分出世。但假若我在你們身邊，他便會以野獸孩子的身分出世。我希望他以人的孩子的身分出世，因而離開了妳……」

「諸親大人……」

「剛才我接到通知，聽了對方的說明，我就想，很可能是妳，沙久也。因此，我急忙趕過來。就這樣，我再次聽到妳的聲音後，實在太想念妳，想念得再也無法忍受。沙久也呀，妳覺得怎麼樣呢？願不願意和我在這裡一起生活呢？那個將於日後出世的孩子，或許不能成爲人，但他終究是妳和我的孩子，這點不會變的……」

「……」

「妳覺得怎麼樣呢？願不願意從大磐下來呢……」

「願意！我現在就下去，諸親大人。」

沙久也如此說後，準備下去。

「慢著……」道滿阻止。

「為什麼呢？」

「事情太巧合了。」

「怎麼說巧合呢？那麼，對方為什麼知道我的名字呢？又為什麼知道諸親大人已經離開我的事呢？這不都是因為對方是諸親大人，才知道的嗎……」

「因為妳說出了一切。」

「什麼時候？」

「剛才，妳不是對我講述妳的境遇嗎？妳說的話，都被牠們聽到了……」

「怎麼會……」

沙久也哭喪著臉，望著道滿。

接著，突然想起什麼似的，沙久也望向大磐下方。

「諸親大人，請您回答我一個問題。」

「什麼問題？」

「諸親大人臉上有一顆痣。請問，那顆痣是在右邊臉頰，還是左邊臉頰呢……」

沙久也問了之後，雙方沉默了一會兒。

之後，傳來一陣忍不住笑出的笑聲。

「妳打算試探我，是吧？我回答妳。我的臉頰，不管是右邊還是左邊，都沒有痣，這點妳不是最清楚的嗎……」聲音如此說。

「諸親大人！」沙久也喜悅地大喊。

「慢著！」

沙久也不理會道滿的阻止，伸手抓住大磐突出處，再將腳掛在其上，一直爬至大磐底下。

下去之後，沙久也看到眼前站著一個看似人的人影。

「諸親大人。」

沙久也本來想奔跑過去，卻在途中停住腳步。

因爲那個人的臉——鼻頭，往前尖尖突出。

「妳來了，太好了，沙久也。」

對方張開大口，從嘴裡連續伸出獠牙和長舌。

「妳看起來眞的很美味啊。」

對方說畢，立即猛撲過來。

「啊！」

沙久也大叫一聲，試圖逃跑，但對方撲過來的動作更快。

就在對方的獠牙即將咬住沙久也的脖子時——

有人輕飄飄地自大磐降落，插進沙久也與人影之間。

是蘆屋道滿。

「住手，住手。」道滿說：「你不會不知道我就是蘆屋道滿吧……」

「什麼？」

「如果你沒聽說過蘆屋道滿這個名字，那應該也聽說過播磨的秦道滿這個名字吧……」

聽道滿如此說，黑暗中傳出叫聲。

「噢……」

「噢……」

一群野狼從草叢中接二連三地爬出。

「你就是那個播磨的道摩法師？」那傢伙問。

「正是。」

「我聽說過你的名字，不過，這裡不是播磨也不是京城。我先吃掉你好嗎？」

喀！

對方張開下巴，猛撲過來，道滿朝對方的臉伸出右手。

道滿手上握著一根尖銳竹棒。

剛才，道滿劈開手中的竹筒，並將尖端稍微削尖。

「呀！」

道滿發出叫聲時，被劈開的竹筒尖端已經穿入對方左眼。

嗷嗚嗚嗚！

對方發出喊叫聲。

對方跳起，快速奔離，細看之下，原來是一隻全身裹著細長銀色體毛，白色的巨大野狼。

兩人回過神來時，四周已不見剛才那群野狼的影子。

不知什麼時候，狼群全消失了。

沙久也茫然自失地呆立在原地。過一會兒，她開口問：

「剛才那個是什麼？」

「是累月經年的野狼。有聽說過，活到一百歲的野狼，能夠化身為人……」道滿說。

「那麼，剛才那個人影不是諸親大人嗎……」

「不是。」

聽道滿這麼說，沙久也在月光中無聲地啜泣起來。

道滿一邊聽著沙久也的哭聲，一邊望著逐漸升至中天的月亮。

五

第二天早晨——

道滿和沙久也來到獻上祭品的那個村落，據說村裡唯一的鐵匠店老太婆死在家中，村裡鬧騰得很。

本來是老太婆的丈夫在做鐵匠，不過，鐵匠於十年前過世，之後便由身為妻子的老太婆繼承了鐵匠工作。

那個老太婆，據說眼睛不知被什麼東西扎入而死去。

而且，在村人的注視之下，老太婆的外貌於瞬間即產生變化，不知何時，老太婆橫死之處竟躺著一隻銀毛野狼。

道滿吩咐村人在大磐下挖個洞，埋了野狼屍體，合掌唸經之後，與女人一起消失蹤影。

兩人來到通衢大道，道滿才與沙久也分手。

「謝謝您了。」

沙久也在分別之際如此說，向道滿深深行了個禮。

「我決定回故鄉父親身邊。」

沙久也浮現複雜的微笑，在風中轉過身地背對道滿。

道滿一副不知該如何是好的表情，久久佇立原地，凝望天空飄流的白雲。

後記

在秋天的日子

眼下是初秋。

不知何時，已不再響起夏天期間唧唧叫個不停的蟬聲。

秋天的陽光透過櫸樹，亮閃閃地翩翩飄落在稿紙上。

我用鋼筆的筆尖拂去陽光那般，正在寫這篇文章。

持續寫著晴明和博雅的故事，已將近三十年。

哎呀哎呀，漫漫時光就這麼過去了。

在同一個時期開始寫，至今仍在持續寫的作品，目前只剩下《幻獸少年》系列和《餓狼傳》系列，以及這部《陰陽師》系列，總計三部。

這回，蘆屋道滿登場的故事比較多。

我想寫以京都以外的地方爲背景的故事，只是，如果眞要寫，就得設計晴明和博雅前往該地的理由，而將注意力放在這裡的話，我總覺得會失去短篇小說《陰陽師》該具有的優點。

就這點來說，若是道滿，由於他是個無論出現在哪裡也不足爲奇的人物，因此寫他鄉異地的故事時，不知不覺便會頻頻讓道滿登場。

有時，地獄的鬼卒或妖物，會對道滿說出「你是以前在地獄轟轟烈烈鬧過一場的那個道摩法師吧」這樣的台詞，這本書中也有類似情節，原有出處的短篇小說是〈篁物語〉，而收錄了〈篁物語〉的《鬼譚草紙》短篇集，將改名爲《妖鬼草紙》，以文藝春秋出版社的文春文庫面目重新出版。

書中收錄了三篇有關妖鬼與女人的故事。

那是背景時代和晴明大體上一致的妖鬼故事，其中一篇，我們的道滿大師也登場了。

換句話說，是類似《陰陽師》姊妹篇的短篇集。

如果讀者能配合這部小說，同時閱讀《妖鬼草紙》，我將感到不勝榮幸。

夢枕獏

二〇一四年九月某日於小田原

夢枕獏公式網站「蓬萊宮」網址 http://www.digiadv.co.jp/baku/

繆思系列
陰陽師〔第十七部〕螢火卷

作　　者　夢枕獏（Baku Yumemakura）　封面繪圖　村上豐
譯　　者　茂呂美耶
社　　長　陳蕙慧
副 社 長　陳瀅如
總 編 輯　戴偉傑
編　　輯　王淑儀
行銷企劃　陳雅雯・尹子麟・姚立儷・洪啟軒
特約編輯　連秋香
封面設計　蔡惠如
美術編輯　蔡惠如
內文排版　綠貝殼資訊有限公司

出　　版　木馬文化事業股份有限公司
發　　行　遠足文化事業股份有限公司（讀書共和國出版集團）
231新北市新店區民權路108-3號8樓
電話 02-22181417　傳真 02-22180727
E-Mail service@bookrep.com.tw
郵撥帳號 19588272木馬文化事業股份有限公司
客服專線 0800221029
法律顧問　華洋法律事務所　蘇文生律師
印　　刷　成陽印刷股份有限公司
初版一刷　2019年7月
初版六刷　2023年11月
定　　價　300元
I S B N　9789863594871

國家圖書館出版品預行編目（CIP）資料

陰陽師. 第十七部 螢火卷 / 夢枕獏著 ; 茂呂美耶譯. --
初版. -- 新北市 : 木馬文化出版 : 遠足文化發行, 2018.1
248面 ;14 X 20公分. -- (繆思系列)
ISBN 978-986-359-487-1 (平裝)

861.57 106024288